동학사 가는 길

동학사 가는길

안병호 장편소설

이른아침

그림은 맛있는 음식과 같다.
맛 볼 수는 있지만 설명할 수는 없다.

_ Maurice de Vlaminck

차례

새로운 파도

새로운
파도

1

　서울중앙지검 한대희 검사가 식탁에 앉아 조간신문을 읽다가 순식간에 식욕을 잃은 건 난데없이 찾아든, 작지만 불길한 어떤 예감 때문이었다. 근거도 없고 조짐도 전혀 없는, 그래서 불안을 느껴야 할 아무런 이유도 없는 예감일 뿐이기는 했다. 하지만 불길한 느낌이 드는 것만은 사실이었다.

　"무슨 기산데 그래요?"

　하얗고 커다란 접시에 담긴 샐러드로 아침을 때우고 있던 아내가 지나가듯 물었을 때도 딱히 대답할 말이 떠오르지 않았다. 스스로도 불안의 정체를 알 수 없었던 것이다.

　"이상한 기사가 하나 났어."

"뭔데?"

"얼마 전에 L화백의 그림이 몇 억 원인가에 팔려 나갔다는 기사 났었던 거 기억해?"

"알아요. 경매를 통해서 엄청 비싼 가격에 팔렸는데, 느닷없이 어떤 감정가가 그 그림 가짜라고 기자회견을 하고, 그림을 판 사람은 그 감정위원이 헛소리를 한다며 고소했다는, 뭐 대충 그런 거 아니었나?"

"맞아. 그리고 며칠 전에는 그 그림이 가짜라고 기자회견을 했던 감정위원이 그림을 판매한 화상을 상대로 맞고소도 했지."

"근데 그게 뭐가 이상해? 그림판에서는 흔한, 그저 그런 이전투구 아닌가?"

"그렇게 단순하지가 않아. 갈수록 흥미진진해지고 있어. 어제는 L화백의 아들이 일본에서 급하게 귀국을 해서 기자회견을 했대. 자기 아버지가 그린 그림이 확실하고, 그 그림을 화상에게 처음 넘긴 사람이 바로 자기라고 말이야."

"그럼 뭐 게임 끝났네. 이미 그 그림은 진짜라고 결론이 난 거 아닌가?"

"흐음."

사실 관계가 그렇게 단순하고 명쾌한 것이라면 기사를 보자마자 이유도 없이 불길한 예감이 들지는 않았을 터였다.

"국 식기 전에 얼른 밥이나 먹어. 먹어야 하루 치 힘이 생기지."

피식, 웃음이 났다. 영화를 너무 많이 본 탓인지 아내는 남편이 온종일 몽둥이 들고 조직폭력배들 닦달이나 하는 줄 아는 모양이었다. 법전 뒤적이며 문서 작성하는 일에 근무 시간의 태반을 쓴다고는 상상조차 하지 못하는 것이다.

그래도 남편의 위치나 자리를 팔지 않고 구멍가게나 다름없는 작은 빵집을 혼자서 열심히 운영하는 아내가 사랑스러웠다. 주말에도 가게를 열어야 해서 쉬는 날이 없고, 그래서 늘 피곤에 지쳐 있는 모습이 안타까울 따름이었다. 물론 주말에라도 빵집 일을 도와주고 싶지만 실제로는 그러지 못하는 자신의 행동을 스스로 합리화하는 변명일 수도 있었다. 아무튼 다행히도 아직까지는 언론에 이름이나 얼굴이 오르내릴 만한 사건을 맡은 적도 없어서 아내 역시 그의 일에 대해 캐묻거나 크게 걱정할 일은 없었다. 어쩌면 자기 일이 더 바쁜 탓인지도 모르지만.

동학사 가는 길

2

불길한 예감은 적중률이 높은 법이어서, 출근하자마자 부장의 호출을 받았고, L화백 그림 관련 쌍방고소 사건을 맡아서 처리하라는 지시를 받았다.

"흐음."

아침에 식탁에서 흘러나오던 신음이 다시 새어나왔다. 할 수만 있다면 이번 사건만은 피해가고 싶었다. 결국엔 사건이 미궁에 빠지거나, 혹은 용두사미로 끝날지도 모른다는 느낌이 강해지고 있었다.

"양쪽 사람들 다 불러다 놓고 얘기를 들어보면 뭔가 꼬투리가 잡히겠지. 그렇게 어려운 사건도 아니잖아?"

부장은 대수롭지 않은 사건이라는 투로 말했다. 그렇게 단순하고 쉬운 사건이라면 초임 검사에게 맡기지 자기에게까지 올 이유가 없다는 것쯤은 한대희도 쉽게 짐작할 수 있었다.

"알겠습니다. 어려운지 쉬운지 일단 파보면 알겠죠."

피할 수 없다면 즐기라고 했던가. 일단 그렇게 대답하고 부장실 문을 열고 복도로 나왔다. 그리고 그 순간이었다. 갑자기 열 대도 넘는 카메라가 일제히 섬광과 함께 셔터 소리를 기총 소사하듯 그의 얼굴에 난사하기 시작했다. 자기도 모르게 한쪽

팔을 황급히 들어 올려 얼굴을 가렸다. 그러고 보니 검찰청 로비에서 많이 보던 풍경과 하나도 다를 바가 없었다. 갑자기 자기가 검찰에 불려온 피의자라도 된 것처럼 서늘한 기운이 뒷덜미를 훑고 지나갔다.

"사건을 맡으신 소감이 어떤지, 한 말씀만 해주시죠."

"L화백 아들의 어제 인터뷰, 어떻게 생각하십니까?"

기자들 서넛이 승냥이처럼 달려들더니 제법 폼을 잡고 질문을 던졌다. 아직 사건의 개요도 모르는 담당 검사에게 앞선 질문을 해대는 것이었다. 이런 상황에서 고개라도 잘못 끄떡이거나 가로저으면 자신을 출처로 해서 어떤 기사가 어떻게 나갈지 모른다. 그리고 그 뒷감당은 기자의 몫이 아니라 검사의 몫이 된다. 신중해야 하는 것이다.

"기자님들! 저는 아직 아~무 생각도 없습니다."

거머리처럼 달라붙는 기자들을 따돌리고 자기 방으로 총총히 걸음을 옮겼다. 그런데 참으로 이상하다는 생각이 들었다. 자기가 부장에게 이번 사건을 맡으라는 지시를 받은 게 겨우 10분 전인데, 기자들은 대체 어떻게 미리 알고 복도에서 진을 치고 있었던 것일까? 부장이 출근길에 넌지시 흘린 것일지도, 기자들의 후각이 유난히 뛰어난 것일지도 모른다고 생각됐다.

그러다가 이내 머리를 흔들었다. 지금 중요한 건 그런 문제가

동학사 가는 길

아니라, 자신이 L화백 그림의 진위를 둘러싼 사건의 판관이 되었다는 것이다. 최종 판단이야 법원에서 판사가 내리겠지만, 그 전에 진실과 거짓을 가릴 일차 책임이 자신에게 주어진 것이다. 이번에도 진실과 거짓이 손등과 손바닥처럼 명확히 구별된다면 얼마나 좋으랴 싶지만, 어쩐지 그럴 것 같지 않다는 예감이 아침보다 점점 더 강해지고 있었다. 한 번도 들어가 본 적이 없는 정글 속으로 빠져드는 느낌이어서 어쩐지 기분이 좋지 않았다.

3

자기 방으로 돌아오자마자 직원들을 회의실로 불러 모으고 부장으로부터 받아 온 서류철을 펼쳤다. 거기 기록된 사건의 외양은 국내 최대 규모의 갤러리를 운영하는 화상인 박삼수 사장과 미술품 감정위원으로 유명한 김복남 교수의 맞고소 사건으로 아주 단순하게 묘사되어 있었다.

사건의 발단은 열흘 전쯤 있었던 동서대학 김복남 교수의 텔레비전 인터뷰였다. 미술품 감정가로 잘 알려진 김 교수는 이

날 인터뷰에서 화상 박삼수가 보관하고 있다가 경매를 통해 판매한 L화백의 그림이 가짜라고 폭로했다.

한마디로 화상 박삼수가 자신의 갤러리와 기존의 명성을 이용해 위조 그림을 고가에 판매했다는 폭탄선언이었다. 그의 주장이 사실이라면 박삼수는 범죄 여부와 별개로 파렴치범이라는 말이 되고, 지금껏 그가 판매해온 그림들에 대한 신뢰도 역시 크게 손상될 것이 분명했다. 박삼수 사장은 이 바닥에서 워낙 큰손이어서 그 파장이 만만치 않을 것도 자명했다.

이런 사태가 벌어지자 화상 박삼수로서도 당연히 가만히 있을 수가 없었다. 하지만 그는 학자나 이름난 감정위원이 아니라 기본적으로 장사꾼이어서 김복남 교수처럼 언론을 이용할 수가 없었고, 대신 가장 빠르고 확실한 조치를 위해 김복남 위원을 명예훼손 혐의로 즉각 고소했다. 고소장에서 그는 김복남 교수가 진품을 위작이라고 주장함으로써 자기의 명예는 물론이요, 고인이 되어 적절히 대처할 수도 없는 L화백의 명예까지 심각하게 훼손했다고 주장했다.

이렇게 화상 박삼수가 사건을 법의 영역으로 끌어들이자 다시 다급해진 쪽은 김복남 교수였다. 나름대로 최고의 감식안을 가진 전문가를 자처하던 김 교수는 졸지에 피고소인의 신분이 되어 검찰에 출두하게 되고, 해당 그림이 가짜라는 걸 논리적으로 설명해야 하는 책임을 떠맡게 되었던 것이다. 말하자면 입증 책임이 그에게 부여된 것이다. 만약 그림이 가짜라는 사실을 증거를 통해 명확하게 설명하지 못한다면 박삼수가 제기한 명예훼손 사건의 피의자가 될 처지였다.

4

이런 사태가 벌어지자 김복남 교수는 우선 화상 박삼수를 또 다른 명예훼손 혐의로 맞고소했다. 그러면서 화상 박삼수는 사업가이자 돈 문제에 예민할 수밖에 없는 이해관계자지만, 자신은 그림의 진위 여부와 관련해 아무런 이해관계도 없는 사람으로서 학자의 양심을 걸고 진실을 알린 것뿐이라는 언론 인터뷰도 빠뜨리지 않았다.

"제 생각에도 김복남 교수가 거짓말을 해야 할 이유는 없어 보이는데요."

최고참 수사관 박 경위의 직감이 그랬고, 다른 직원들도 머리를 주억거렸다.

"문제가 불거진 게 벌써 열흘도 넘었어요."

한대희 검사가 입을 열자 직원들의 시선이 일제히 그의 얼굴로 향했다.

"그런데 L화백의 그림을 사 간 국내 수집가는 아직 아무런 반응이 없어요. 김복남 교수가 위작설을 제기한 걸 이미 알고 있지만 일절 대응하지 않고 있다고 합니다. 이건 무슨 뜻일까요?"

"……."

아무도 입을 열지 않았다. 할 말이 없어서가 아니라 뒷말을 이어갈 자신이 없기 때문일 터였다.

"그림을 사 간 쪽에서는 그 그림을 진품으로 받아들였다는 뜻이에요. 그렇죠?"

그제야 마지못한 직원들이 고개를 끄덕였다.

"선입견을 버립시다. 안 그러면 이 사건, 분란만 만들고 용두사미로 끝날 수도 있어요."

"그럼 어디서부터 시작해야 할까요?"

박 경위가 한 검사의 의중을 물었다.

"일단 가짜설을 제기한 김복남 교수부터 불러봅시다. 국내 최대 규모의 갤러리에서 소장하고 있다가 공개적인 경매를 통해 판매한 그림입니다. 또 화가의 친아들이 진짜라고 주장하고 있고, 사 간 사람도 가짜라는 주장에 전혀 반응을 하지 않고 있어요. 게다가 김복남 교수의 가짜설에 명시적으로 동의를 표하는 다른 감정위원이나 전문가도 아직 없는 걸로 보여요. 김 교수가 공공연히 가짜설을 제기했으니 그 증거를 제시할 책임도 그에게 있다고 할 수 있겠죠."

"검사님은 박삼수 사장이 주장하는 진짜설이 더 일리 있다고 보시는 건가요?"

박 경위가 넘겨짚었다.

"아니에요, 전혀 아닙니다. 처음에 얘기한 대로 선입견을 가져서는 안 됩니다. 아마 이번 사건은 명백한 물적 증거를 찾아내기가 매우 어려운 사건이 될 수도 있습니다. 실제로 위작이라고 하더라도 수억 원이 오가는 거래에 사용될 그림을 어수룩하게 그릴 리는 없을 테고, 국과수 아니라 미국의 CSI가 나서더라도 명확한 물증을 찾기는 어려울지 몰라요. 그러니 예단하지 말고, 함부로 결론을 내지도 말자는 겁니다. L화백은 우리나라 사람이라면 모르는 이가 없을 정도로 유명한 화가 아닙니까? 그래서 언론의 관심도 꽤 뜨거울 텐데, 저는 그렇다고 서둘러서는 안 된다고 생각합니다. 시간이 걸리더라도, 순서에 맞게, 차근차근, 하나하나, 풀어가 볼 생각입니다."

"……."

직원들은 아무런 말이 없었다. 한대희 검사의 꼼꼼하고 빈틈 없는 일 처리에 대해 누구보다 잘 아는 팀원들이었다.

"우선 김복남 교수에게 연락해서 언제 검찰에 나올 수 있는 지 날짜를 잡아보세요. 그리고 박삼수 사장에게도 연락해서 L화백의 그림 구매자 연락처를 좀 알아보시고, 그 그림에 대한 구매자의 의견을 문서로 제출해줄 수 있는지 타진해보세요."

"잘 알겠습니다."

문서수발을 담당하는 막내 여직원을 제외하면 홍일점이나 다름없는 김영미 수사관이 씩씩하게 대답하고는 고개를 숙여 보였다. 예민하고 민감할 수밖에 없는 사건이어서 어쩌면 이번에야말로 그녀의 도움이 가장 절실할지도 모르겠다는 생각이 들었다.

그렇게 첫 회의를 끝내려는 순간이었다. 팀원 하나가 갑자기 생각난 것처럼, 누구에게랄 것도 없이 난데없는 질문 하나를 던졌다.

"근데 이런 민감한 사건이 왜 하필 우리 방에 배당된 걸까요?"

사실은 팀원들 모두가 속으로 품고 있을 의문이었다. 하지만 그에 대해서는 딱히 대답할 말이 없었다. 그런데 다행히 이번에도 김영미 수사관이 나서주었다.

"우리 회사 사람 중에 일 년에 한 번이라도 그림 구경하러 다니는 사람이 우리 검사님 말고 누가 있어요? 어디서 전시회 티켓이라도 생기면 다들 우리 방으로 들고 오는 거 몰라요?"

팀원들이 소리 없이 흐흐 웃었다. 정말 그런 이유였을까? 회식을 위해 찾아간 술집의 벽에 걸린 이발소 그림을 보며 이따금 한마디씩 내뱉은 전력 때문에 부장의 눈에 들어 이번 사건을 맡게 된 것일까? 아마 그럴 수도 있으리라.

그리고 아침 일찍부터 자신이 느낀 정체를 알 수 없는 불안감 또한 그런 이력 때문인지도 몰랐다. 검사들 대다수가 그림에 문외한인 건 사실이지만, 자기라고 더 나을 것도 없다는 게 그의 생각이었다. 그럼에도 사건은 이미 배당되었고, 어떻게든 진실을 찾아내야 할 터였다.

5

"힘내요. 그깟 기자 새끼들 찧고 까부는 거 너무 신경 쓰지 말고."

마흔을 넘기면서 아내의 입에서는 곧잘 상스러운 욕설이 튀어나오곤 했다. 아내가 운영하는 구멍가게 같은 빵집이 평소에 얼마나 바쁘거나 한가한지 한 검사는 알지 못했다. 평일 낮에 가본 적이 없었기 때문이다. 주말에 더러 들러보긴 하지만 손님이 없는 시간이 더 많아 보였다.

"주말이라 그래."

바쁜지 한가한지 알 수는 없지만, 아내는 평일 낮에 남편에게 전화를 거는 경우가 거의 없었다. 신혼 때부터 그랬다. 남편이 깡패나 도둑놈들과 하루 종일 씨름하느라 바쁠 거라고 생각해서 그러는 것인지도 몰랐다. 자연히 한 검사도 특별한 용건이 없는 한 낮에 아내에게 전화를 거는 경우는 드물었다. 그런데 오늘은 퇴근을 얼마 남겨놓지 않은 시간에 아내가 전화를 걸어온 것이다. 아마도 석간신문에 실린 기사를 본 모양이었다.

"알았어, 신경 안 써."

그렇게 별일 아니라는 투로 아내를 안심시켰지만 기사가 궁금하긴 했다. 여직원을 시켜 석간신문 몇 가지를 가져오게 했다.

"전문가 인력풀 한계 드러낸 검찰… 법조계 우려!"

"한대희 검사의 무모한 도전, 성과 낼 수 있을까?"

"예술까지 법으로 재단? 전문가들 곱지 않은 시선!"

하나같이 의심스럽고 우려스럽고 걱정된다는 내용이었다. 기자들 이름을 적어두려다가 신문을 구겨 던져버리는 것으로 분풀이를 끝냈다. 검사가 된 뒤로 사회의 이목을 끌 만한 큰 사건을 맡아서 척척 처리해낸 적도 없지만, 주어진 사건을 엉뚱하게 처리하거나 두루뭉실 넘긴 적도 없었다. 그런데 기자들은 일을 시작하기도 전에 난도질부터 하고 있었다. 단박에 딱지를 붙이고 가위질부터 하고 보는 게 그들의 장기인 걸 모르는 바 아니었다. 하지만 자신의 경우가 되고 보니 여간 심기가 불편하지 않을 수 없었다.

사라진 천재

사라진
천재

1

중학교 1학년 때의 일이다. 같은 반의 친구 김중휘가 도 단위 사생경연대회에서 최우수상을 받았다. 시골 중학교 1학년생이 기라성 같은 선배들을 모두 제치고, 시 단위도 아닌 도 전체에서 최우수상을 받았으니 대단한 사건이었다.

그리 경사스러운 일들이 많지 않던 시절이어서 그랬던지 시상식 때 밴드부도 동원되어 거창하게 행사를 치렀다. 미술부 지도교사인 권선생의 기쁨은 이루 말할 수 없었다. 도에서 가장 뛰어난 천재 학생을 제자로 두었다는 것은 도에서 가장 우수한 교사라는 등식이 암암리에 성립되었기 때문이다. 이로 인해 중휘는 그야말로 학교 안에서 영웅이 되었다.

그런 일이 있고 한 달 뒤, 미술부는 전에 쓰던 창고에서 교실을 한 칸 배정 받아 이사를 했다. 구석에 있는 교실이었으나 창고에 비할 바가 아니었다. 그러고 얼마 있다 미술반 교실 앞 복도에 큰 그림이 하나 내걸렸는데, 부두에 정박된 배를 그린 그림이었다. 솔직히 말하자면 한대희의 눈에는 그리 잘 그린 그림은 아니었다. 배며 바다의 모습이 정밀하지도 않고 색깔도 대체로 우중충해 보였다.

　그런데 그 큰 그림에는 더 이상한 점도 있었다. 당시 아이들이 그리는 종이 그림과는 달리 극장에서나 볼 법한 간판 비슷한 그림이었는데, 극장의 그것과는 또 무언가가 달라 보였다. 그림의 표면이 반들반들한 것이 동네 이발소에 걸린 그림과 비슷해 보이기도 했다. 정체를 알 수 없는 그 그림에 대해 대희는 중휘에게 물어보았다.

"저 그림, 누가 그린 거고?"

"선생님이 그린 그림이란다."

　미술 선생님이 직접 그린 그림이라니 더 놀랍고 이상했다. 전문가가 그린 뛰어난 그림이 분명할 텐데, 어느 구석이 뛰어난 것인지 감을 잡을 수가 없었던 것이다.

"물감이 아니라 페인트로 그렸는갑제?"

　대희의 말에 중휘는 피식 웃었다. 그리고는 천천히 입을 열었다.

"짜슥, 이게 유화라는 기다."

"유화?"

그때 말로만 듣던 유화를 처음으로 보았다. 교과서에 실린 유화 그림을 본 적은 있지만, 그건 일종의 사진이어서 전혀 질감 같은 걸 느낄 수가 없었다. 그런데 난생처음 본 유화는 종이에 그려진 수채화와 달리 페인트 같은 물감으로 그려져 있었다. 물이 묻어도 젖지 않을 듯했다. 자신도 모르게 그림에 손이 갔다.

"만지지 마라!"

중휘가 놀라며 말렸다. 그러면서 다시 천천히 입을 열었다. 말투가 느려 대화를 나누기에 조금 답답한 친구라는 생각이 들었다.

"아직 완전히 안 말랐다."

그 말을 들으며 마르지 않는 그림도 있을 수 있나 싶었다.

"나도 언젠가 유화를 그릴 끼다."

친구가 다시 느리면서도 결의에 찬 말투로 한마디를 보탰다. 대희가 다시 물었다.

"이거 그릴라믄 돈이 많이 드나?"

"많이 든다. 선생님도 이거 그릴라고 두 달 치 월급을 때려넣

동학사 가는 길

었다 카더라.”

“와, 두 달 치 월급이나? 그럼 선생님은 두 달 동안 뭐 잡숫고 살았을까?”

“니는 별 걱정을 다한다.”

“이 그림은 오래가겠네?”

“그래, 천 년도 간단다.”

“천 년이나?”

놀라 벌어진 입을 다물지 못한 채, 자기는 왜 중휘처럼 그림을 잘 그리지 못할까 하는 엉뚱한 의문을 떠올렸었다. 중휘처럼 그림을 잘 그릴 수만 있다면, 나중에 커서 빵떡모자를 눌러쓴 멋쟁이 화가가 되거나 미술 선생님이 될 수도 있을 터였다. 이젤 앞에서 붓을 든 채 담배를 꼬나물고 그림을 그리고 있는 자신의 모습을 상상해보는 것만으로도 가슴이 뛰었다. 하지만 자기가 그림에 소질이 없다는 걸 일찌감치 깨달았다. 물론 그렇다고 그림에 대한 관심 자체가 없어진 건 아니었다.

2

어린 천재 화가 중휘의 부모는 그가 그림 그리는 데 쓸 켄트지며 물감을 사주기 어려운 형편이었다. 켄트지는 고사하고 점심 도시락도 싸오지 못하는 날이 많았다. 그런 날 점심시간이 되면 중휘는 책가방을 들고 조용히 미술실로 가곤 했는데, 제자의 이런 형편을 잘 아는 권 선생님은 때때로 자기 도시락을 제자에게 넘겨주곤 했다. 선생님들의 점심 회식이 있다느니, 고향 친구가 찾아왔다느니 하는 이유를 붙여가면서.

미술반 권 선생님의 중휘에 대한 애정은 실제로 퍽이나 각별했다. 선생님은 아이들에게 그림 숙제를 내주면서 그린 사람의 학년이나 반, 이름은 반드시 그림이 있는 앞면에 써오도록 했다. 진짜 화가들처럼 그림 위에 사인 연습을 해보아야 한다는 구실을 붙였지만, 실은 그림의 뒷면이 깨끗하게 남아 있어야 나중에 중휘가 그걸로 그림 연습을 할 수 있었기 때문이었다. 전교생의 그림 숙제가 천재 화가의 습작용지로 제공된 것이다. 그러나 얼마나 열심히 그렸던지 중휘에게는 그 종이마저도 모자랄 지경이었다.

이렇게 되자 남들의 과제물 뒷면에 그린 천재 화가 김중휘의 그림들이 전교생의 이름으로 세상에 나돌게 되었다. 자기가 제

출했던 과제물을 찾아가지고 동네에 가서 뒷면을 보여주며 자기가 그린 그림이라고 자랑하는 아이도 생겼고, 자기 방에 붙여놓는 아이들도 생겼다. 그림은 진짜인데 사인이 가짜였다.

3

중휘는 바다를 즐겨 그렸다. 그중에서도 파도를 헤치며 나아가는 통통배를 즐겨 그렸다. 수채화의 붓이 굵어 몇 번의 붓질만에 통통배가 완성되곤 했다. 대희는 그런 모습을 옆에서 신기하게 바라보며 감탄하곤 했다.

그런데 중휘가 쓰는 붓은 대희가 가진 그것과는 달랐다. 모를 감싸고 있는 쇠가 반들반들하고 녹이 슬지 않는 재질로 되어 있었다. 대도시 화방에나 가야 살 수 있는 수채화용 외제 붓이었다. 게다가 중휘는 여러 크기의 붓을 가지고 있었다. 붓의 크기는 2호니 3호니 하며 호수로 나타냈는데, 대희가 학교 앞 문방구에서 산 둥근 붓과 납작 붓의 두 자루에 비하면 꽤나 많은 개수의 붓을 가지고 있었다. 당연히 이 붓들도 권 선생님이 미술부 예산을 아껴 마련해준 것이었다.

무엇보다 중휘의 그림이 얹힌 이젤이 멋져 보였다. 미술반에 하나밖에 없는 이젤은 언제나 중휘의 차지였다. 이젤에 걸쳐진 중휘의 그림에는 통통배 그림 외에 돛단배와 갈매기 그림도 더러 있었다. 실제의 바다 표정은 시시각각 변하기 마련인데, 중휘의 그림도 똑같은 경우가 없이 변화무쌍했다. 더욱 놀라운 것은 그림에서 소리가 난다는 것이었다. 중휘의 그림을 가만히 보고 있노라면 파도 소리가 들렸다. 소라 껍데기에 저장된 파도 소리와 똑같았다.

4

그렇게 경외감으로 중휘의 그림을 바라보곤 하던 어느 날, 대희는 마침내 중휘의 그림에서 결정적인 단점을 찾아내게 되었다. 그가 보기에 중휘의 그림은 전반적으로 색감이 너무 옅었다. 조금만 더 진하게 물감을 칠하면 더 멋질 그림들이 전체적으로 희미해서 힘이 약하고 색이 바랜 것처럼 보였다. 미술 담당 권 선생님이 그렸다는 유화 그림을 보고 난 뒤엔 그런 생각이 더욱 굳어졌다. 미술반에 단둘이 있게 되었을 때 용기를 내

동학사 가는 길

어 중휘에게 이런 자기의 견해를 들려주었다.

"그림이 아주 조금만 더 진하면 분위기가 확 살아날 낀데, 색깔이 약해서 그런지 내가 보기에는 힘이 좀 빠진 느낌이다. 안 그렇나?"

뱁새가 황새에게 걸음걸이를 좀 고쳐보면 더 멋지지 않겠느냐고 충고하는 꼴이어서 여간 큰 용기가 필요한 게 아니었다. 중휘가 알지도 못하는 놈이 지적질을 한다고 화를 내면 어쩌나 하는 걱정에 좀처럼 입이 떨어지지 않던 참이었다. 그런데 중휘의 반응은 의외로 덤덤했다. 이미 자신의 그런 단점을 알고 있었다는 투였다. 엷은 미소마저 띄운 채 중휘는 이렇게 말했었다.

"그래도 내 그림의 약점을 정확하게 볼 줄 아는 친구가 있네, 다행이야."

그러더니 붓질을 멈추고는 이젤 둘레를 한 바퀴 천천히 돌았다. 무슨 생각인가를 골똘하게 하는 눈치였다. 그렇게 한동안 말없이 서성이다 처음의 자기 자리로 돌아오더니 입을 열었다. 여전히 느린 말투였다.

"내도… 선생님 그림 같은 그림… 그리고 싶다. 근데 나는… 물감이… 모자란다."

가슴이 저렸다. 친구를 위해 진심 어린 충고를 한다고 생각했지만, 그건 역시 뱁새의 생각일 뿐이었다. 해가 진 뒤 두 사람은 앞서거니 뒤서거니 함께 미술반 교실을 나서서 각자의 집을 향해 발길을 돌렸다. 아무런 말도 없이 조용히.

5

중휘는 산허리 외딴집에 살았다. 오르내리기 불편할 정도로 높은 곳에 지어진 집이지만 전망만은 화가의 집답게 좋았다. 작은 시가지가 발아래 놓여 있고, 시가지 너머로 송림이 보였으며, 그 너머로 바다도 한 조각 보였다. 그 바다에서 출발한 바람이 송림을 지나 시가지의 이야기를 싣고 구릉을 넘어 중휘의 집까지 올라왔다.

중휘의 집에 갔던 날 아무것도 얻어먹지 못하고 내려왔다. 물은 마셨던 것 같다. 그런데 그림이 걸려 있어야 할 화가의 집에 그림이 없었다. 화구며 붓 같은 것도 없고 그림과 관련된 것이라곤 아무것도 없었다. 흙벽돌집이었는데 방 안 벽이 신문지로 도배되어 있었다.

다음 날 방과 후, 대희는 새로 사서 몇 번 쓰지 않은 물감 세트를 미술반 이젤 옆에 조용히 두고 나왔다. 그다음 주에 새로 물감을 사야 한다며 엄마에게 용돈을 타내느라 약간 애를 먹었지만, 그래도 친구를 위해 무언가를 해주었다는 뿌듯함에 엄마의 철 지난 꾸중 따위는 한 귀로 가볍게 흘려버릴 수 있었다.

6

중학교 3년 동안 중휘와 단짝처럼 지냈다. 중휘는 대희의 그림에 대해 늘 애정 어린 조언을 아끼지 않았다. 덕분에 3학년 때까지 미술반에 출입하며 즐겁게 그림을 그릴 수 있었고, 화가가 되지는 못하더라도 그림을 사랑할 수는 있다는 걸 배울 수 있었다. 하지만 두 사람은 고등학교에 진학하면서부터 완전히 다른 길로 들어서게 되었다. 성적이 좋았던 대희는 고향을 떠나 대구로 유학을 가게 되었고, 졸업을 하기도 전부터 하숙방을 알아보고 이사를 준비하는 등 눈코 뜰 새 없이 바빴다. 이어서 입학을 하자마자 한 학기가 어떻게 지나간 것인지 알아차리기도 전에 짧은 여름방학이 찾아왔다. 그리고 그 짧았던 고등학교의 첫 여름방학 때 중휘를 잠깐 스치듯 마주쳤었다.

7

방학은 공식적으로 한 달이었지만 실제로 주어진 시간은 딱 일주일이었다. 그 틈을 타서 고향에 잠시 내려갔고, 동네 친구들과 어울려 시가지를 기웃거리다가 난데없이 자기 이름을 외쳐 부르는 소리를 듣게 되었다.

"야, 한대희! 대희야!"

단박에 중휘의 목소리란 걸 알 수 있었다. 고개를 돌려 소리 나는 쪽을 바라보니 화물차의 조수석에 앉아 열린 창문 밖으로 손을 흔들고 있는 중휘의 모습이 보였다. 다급하게 달려가려 했지만 화물차는 이내 초록색 신호를 받아 다시 달리기 시작했고, 멀어지는 중휘를 향해 하염없이 손만 흔들어야 했다. 중휘 역시 마찬가지였다.

"아니, 중휘가 화물차 따라 다니나?"

옆에 있던 고향 친구에게 물었더니 의외의 대답이 돌아왔다.

"중휘 쟤는 고등학교 입학을 포기했단다."

바로 옆에서 친구의 말을 들었지만 무슨 말인지 이해가 되지 않았다. 중휘가 고향에 있는 고등학교에 미술 특기생으로 진학하기로 한 걸로 알고 있었기 때문이었다. 3년 내내 등록금을 면제해주는 조건이라고 했었다. 중휘의 입을 통해 직접 들은 애기였고, 축하한다는 말을 몇 번이나 했던 기억이 생생했다. 그런데 고등학교 입학을 포기했단다. 대체 무슨 말일까?

"중휘네 집이 어려운 건 니도 알제? 삼시 세끼 끼니도 힘든 집 자식이 무슨 환쟁이냐고 집에서 난리가 났었단다. 이제 일할 만큼 컸으니 밥값을 해야 한다며 걔네 아버지가 고등학교 입학을 막았단다."

"3년 내내 장학금을 준다는 데도 학교에 못 갔단 말이가?"

고개를 흔들며 친구에게 재차 물었다.

"중휘네 아버지는 중휘가 화가가 되는 것 자체를 싫어했단다. 딱 굶어 죽기 좋은 직업이 환쟁이라고."

언젠가 가보았던 중휘의 집에 그림과 관련된 것이라곤 아무것도 없었던 이유가 그제야 이해되었다. 옛날 생각에 빠져 있는 사이 친구의 설명은 계속 이어졌다.

"학교에서 학비는 대준다고 하더라도, 교복이며 용돈은 집에서 대줘야 하는데, 중휘는 그게 안 되는 기라. 그래서 1년만 트럭 따라댕기면서 일하고, 돈이 좀 모이면 학교에 간다더라."

8

그가 겨울방학을 맞아 다시 짧은 귀향길에 올랐을 때, 이번에는 중휘가 사고를 당했다는 말을 전해 들었다. 그 말을 전해준 친구는 눈물까지 글썽이며 이렇게 말했었다.

"재수가 더럽게 없었던 기라. 화물차 조수 생활 하면서 지냈는데, 화물차에 보면 짐 묶는 밧줄 안 있나? 근데 그게 헌 타이어 잘라서 만드는 거라네. 그날도 그 밧줄을 댕기고 있는데, 그게 갑자기 터지면서 중휘 눈을 정통으로 때린 기라."

"그래서, 그래서 두 눈이 다 실명했다고?"

다급하게 묻는 대희의 질문에 친구는 울먹이는 목소리로 설명을 이어갔다.

"그랬단다. 천재는 박명이라 카더만……."

그럼 그림은 어찌되는 거냐고, 그림은 영영 못 그리게 된 거냐고 친구에게 따져 물었다.

"그림이 문제가? 앞을 못 보게 됐는데."

그런데 어쩐지 중휘가 앞을 못 보게 됐다는 사실보다 더 이상 그림을 그릴 수 없게 됐다는 사실이 더 충격적으로 느껴졌다.

"그래서 지금 우짜고 있는데?"

"잘은 모르겠다. 맹인학교에 갔다는 말도 있고, 안마 가르쳐

주는 학원에 갔다는 말도 있고……."

그게 친구에게 전해 들을 수 있는 내용의 전부였다. 다음 날 아침 옛 기억을 더듬어 중휘가 살던 산허리의 그 집으로 찾아갔다. 하지만 어찌된 일인지 집은 이미 폐허가 되어 있었다. 사람이 살았던 흔적조차 찾기 어려울 정도로 퇴락한 토담집 하나가 기우뚱 무너져가고 있을 뿐이었다. 이후로는 어떤 친구에게서도 중휘에 대한 이야기를 들을 수 없었다.

9

두어 해가 지난 방학 무렵 시내를 거닐다 중휘를 만난 적이 있었다. 길거리에서의 만남이었다. 누군가의 부축을 받으며 거리를 걷고 있던 중휘를 보고는 너무 반가워 그의 이름을 불렀다.

"김중휘!"

그는 부르는 쪽으로 고개를 돌려 가만히 목소리를 듣고 있다가 답했다.

"아, 대희!"

보이지 않아도 그는 자신의 목소리를 기억하고 있었다. 가까이 가서 손을 잡으며 말했다.

"어떻게 지내니?"

"응, 잘 지내고 있어."

그는 명랑한 목소리로 대답했다. 대희가 짐작한, 그리 우울한 표정이 아니었다. 하지만 우울하게 보이지 않으려는 애씀이 베어나왔다. 별로 할 말이 없었다.

"잘 가."

그는 대구까지 가서 공부하는 대희가 부러운 듯 말했다.

"응, 공부 열심히 해라."

중휘는 멀어지는 게 보이기라도 하는 듯 한참 서 있었다.

그 후로는 중휘를 만나지도, 소식도 듣지 못했다. 어디선가 바다가 그려진 그림을 대하게 되면 가끔 그의 생각이 날 때가 있었다. 바다가 그려진 그림을 보다 그림과 떨어져 나간 그를 생각하노라면 가슴이 저려왔다.

상식 밖의 결론들

상식 밖의
결론들

1

사건을 맡은 이튿날 아침, 조간신문에는 전날의 석간보다 더
자극적인 제목의 기사들이 실렸다. 사건 당사자들의 곤혹스러
움과 달리, 언론과 여론은 진정성에 관심을 두는 대신 싸움을
즐기는 성향이 강하다. 세상에서 제일 재미있는 게 불구경과
싸움 구경이라는 말이 괜히 생긴 게 아니다. 그런데 검사가 하
는 일의 태반은 싸움을 걸거나 부추기는 일이다. 검사와 악당
과의 싸움이든 악당끼리의 싸움이든 말이다. 그래서 검찰청에
는 기자들이 꼬이고 신문에는 하루도 빠짐없이 검찰발 기사가
대서특필된다.

정치와 관련된 사건, 사회 저명인사들의 부패 사건 등 소위

거악과 검찰의 싸움이 벌어질 때면 검사와 기자가 같은 편이되기도 한다. 상대가 진짜 악인지 선인지는 나중에 재판을 해봐야 알지만, 싸움이 벌어지고 있는 동안에는 언론도 심판이아니라 플레이어가 되어 검사와 손발을 맞춘다. 한 검사는 그동안 그런 사건에 크게 관여하지 않을 수 있었던 게 퍽 다행이었다고 생각하는 스타일이다. 그런데 이번에는 뜻하지 않게 언론과 마주하게 되었고, 어쩐지 불안이 증폭되고 있었다.

　사건의 성격상 언론과 여론이 크게 관심을 기울일 것은 자명한 일이었다. L화백이 워낙 유명한 분인 데다가, 이번에 팔린그림값이 어지간한 강남의 아파트 여러 채 가격과 맞먹는다는것이다. 게다가 진실을 밝히기가 쉽지 않을 것임은 어린아이라도 짐작할 수 있었다. 한마디로 장기적이고 흥미진진한 싸움이될 수밖에 없다는 얘기다.
　흥미진진을 넘어 말 그대로 이전투구가 될 수도 있었다. 어쩐지 이번 사건을 몰고 가다 보면 자신이 자기도 모르게 투계장의 심판 꼴이 될 것만 같은 예감이 들었다. 전날 아침 그가 느낀 막연한 불안의 정체는 자기가 이 사건을 맡게 될지 모른다는 단순한 사실에서 비롯된 불안이 아니라, 어쩌면 이런 결과가 나올지 모른다는 직관 같은 것이 끼어든 불안인지도 몰랐다. 언론도 그런 낌새를 알아차렸던가? 한 신문은 누군지 알 수도 없는 양복쟁이 하나가 검찰청 복도를 걸어가는 뒷모습의 사진을 대문짝만하게 올려놓고는 '난처해하는 한대희 검사'라고 썼다. 신문을 본 동료들이 사진이 잘 나왔더라며 빈정댔다.

2

"김복남 교수와 통화했는데 일주일만 시간을 달랍니다."

출근을 하자마자 첫 번째 보고가 올라왔다.

"그렇게 길게요? 용감하게 인터뷰까지 하고 맞고소도 바로 한 사람이 왜?"

사건의 개요를 빨리 파악하고 싶은 욕심에 그렇게 되물었다. 그러자 김 교수와 직접 통화를 했다는 김영미 수사관이 대답했다.

"검찰에서 조사를 시작한 이상 물증이 필요할 거고, 그걸 최대한 정리해서 검사님께 말씀드리겠답니다. 그러자면 일주일 정도는 시간이 필요하다고 해서 그러라고 했습니다. 다시, 안 된다고 할까요?"

동학사 가는 길

김 수사관의 목소리가 조금 떨리고 있었다.

"아닙니다. 일주일 후에 오라고 하세요. 그 사이에 우리는 우선 이번 사건과 유사한 사례나 판례가 있는지부터 점검해봅시다. 또 수사를 진행하는 동안 우리가 알아야 할 미술판의 생리라든가 관례 같은 것이 있는지도 좀 조사를 해보죠. 박 경위님은 이번 사건과 무관한 미술계 인사들을 좀 만나서 조용히 여론을 떠봐주세요. 그리고 김영미 수사관님은 사무실에서 아까 제가 말씀드린 내용들과 관련된 자료들을 좀 챙겨주세요. 외곽부터 훑어보죠."

팀원들이 일제히 알겠다고 대답하고는 자기 자리로 돌아갔다. 방에 혼자 남은 한대희 검사는 흰 백지 한 장을 펼쳐놓고는 그림을 그려나가기 시작했다. 실제 그림이 아니라 문자와 화살표로 이루어진 사건의 개요도 같은 것이었다.

3

우선 이번 사건 역시 돈 문제와 무관할 수 없다는 측면에 주목했다. 사실 검찰에서 다루는 대부분의 사건들이 돈 문제와 얽혀 있는 경우가 많았다. 특히 민간인들끼리의 고소 고발 사건은 돈 문제와 연결되지 않는 경우가 매우 드물었다. 그런데 이번 사건의 경우 최초의 폭로자인 김복남 교수가 얻을 금전적 이익이 전혀 없다는 점이 눈에 띄었다. 실제로 김복남 교수 본인도 그런 주장을 펴고 있었다. 화상인 박삼수 사장은 그림값이라는 돈 문제와 깊이 얽혀 있지만 자신은 전혀 그런 이해관계가 없는 사람이라고 언론에 공공연하게 밝히고 있는 것이다. 하지만 본인의 말만 듣고는 알 수 없는 일이었다. 양쪽의 말을 모두 들어봐야 판단할 수 있고, 양쪽의 말을 모두 듣더라도 올바르게 판단하지 못할 가능성마저 있었다. 김복남 교수가 이번 사건과 관련하여 실제로 아무런 이해관계가 없는지 어떤지는 더 두고 봐야 알 것이었다.

이번 사건이 지닌 또 하나의 특징은 언론이 이미 플레이어로 나서고 있다는 점이었다. 지금까지의 논조로 본다면 검찰이 어떻게 예술의 영역, 그것도 그 분야 전문가들조차 판단을 기피하는 작품의 진위 문제를 다룰 수 있다는 것인지 몹시 우려스럽다는 것이었다. 하지만 언론의 이런 우려에는 동의하기가 어려웠다. 자신이 자기만의 특이한 안목이나 소양으로 이 사건을 다루지 않을 것은 물론, 그 분야의 소위 전문가들에게 묻고, 또 객관적이고 과학적인 증거들로 판단을 내릴 것이라는 점만은 스스로 확신할 수 있기 때문이었다. 맞고소가 이루어졌다는 것은 쌍방이 모두 검찰, 곧 자신에게 판단을 위임했다는 말이고, 그런 이상 검사가 전문가든 아니든 판단을 내려주어야 한다고 생각했다.

언론의 우려와 달리 한대희 검사가 진심으로 걱정하는 문제는 따로 있었다. 바로 미술계, 아니 미술 시장의 안정성과 관련된 문제가 그것이었다. 법조계에는 소위 '법적·사회적 안정성'이라는 개념이 있는데, 특정 행위가 설령 현행의 법조문에 다소 위배된다 하더라도 이를 무조건 처벌하면 사회의 통념이나 안정성을 심각하게 해칠 우려가 있을 경우 법조문을 그대로 적용하지는 않는다는 일종의 암묵적 규칙이다. 시장 참여자들 모두가 믿는 상식과 배치되는 결론이 나올 경우 시장은 큰 혼란에 빠지게 되고, 이것이 누구에게도 도움이 되지 않을 경우 검사는 어떻게 해야 옳을까? 법대로, 혹은 정의의 이름으로 무조건 진실을 공표하는 것이 옳을까?

4

1991년에 국립 현대미술관은 초대형 전시를 진행하면서 천경자 화백의 작품 〈미인도〉를 대중에 선보였다. 당시 전시회의 대표작이라며 포스터에도 이 그림을 싣고 각종 홍보물 역시 이 그림으로 도배를 하다시피 했다. 그런데 느닷없이 천경자 화백 본인이 나서서 자신은 그런 그림을 그린 적이 없다고 주장했다. 국립 미술관이 대대적으로 홍보하고 있는 작품을 화가 본인이 자신의 작품이 아닌 위작이라고 주장하고 나선, 믿을 수 없는 사태가 벌어진 것이다.

이처럼 작가가 위작이라는 주장을 계속하자 미술관은 국내의 대표적인 감정가들을 동원하여 다시 감정을 하도록 했고, 미술협회의 감정위원들은 천경자 화백의 작품이라는 결론을 내놓았다. 그러자 천경자 화백은 본인의 그림도 알아보지 못하는 정신분열 상태의 환자라는 뒷소문까지 나돌았고, 결국 천 화백은 절필을 선언하는 것은 물론 고국을 떠나 미국으로 이민을 가버렸으며, 결국 타지에서 쓸쓸히 생을 마감했다.

천경자 화백의 사후에 유족들이 나서서 다시 이 문제를 수면 위로 끌어올렸다. 이에 앞서 천경자 화백의 유족들은 프랑스의 전문 감정업체에 의뢰해 〈미인도〉가 천경자 화백의 작품이 아니라는 결론을 얻었다는 사실도 공개했다.

하지만 검찰은 이번에도 이들의 주장을 받아들이는 대신 미술협회의 감정위원들을 대거 참여시키고 각종 첨단 기법을 활용해 그림의 재감정을 진행했으며, 그 결과 천경자 화백의 작품이 맞다는, 이전과 똑같은 결론을 내놓았다.

법원은 작품의 진위 여부를 직접 판단하지는 않는데, 피고소인인 감정가들이 해당 작품을 가짜라고 주장한 것이 아니라 진짜라고 주장한 것은 고인의 명예를 훼손할 의도가 없는 것이라며 무죄로 판단한 것이었다. 진짜를 가짜라고 주장했다면 유죄가 되었을 터인데, 가짜일 수도 있지만 진짜라고 주장했기 때문에 명예훼손이 아니라는 것이었다.

5

이번 L화백 사건에 있어서도 경우의 수는 두 가지밖에 없었다. 진짜와 가짜. 우선 그림이 진짜 L화백의 작품일 경우 사건의 결말은 의외로 단순할 것이다. 감정위원 김복남 교수의 육안 감정이 잘못된 것이고, 이런 잘못된 감정 결과를 세상에 공표해 박삼수의 명예를 훼손한 처벌만 받으면 된다.

또 하나의 경우는 그림이 가짜로 판명되는 것이다. 이럴 경우에는 문제가 훨씬 복잡해진다. 박삼수가 그림이 가짜라는 사실을 알고도 경매에 내보냈는가를 따져야 죄의 경중을 정할 수 있는데, 박삼수로서는 그런 범죄 행위를 스스로 인정할 리가 없었다. 그렇다면 검찰이 밝혀야 하는데, 누가 언제 어떻게 박삼수와 공모해 가짜 그림을 만들었는지 등을 수사를 통해 규명해야 한다는 과제가 남는다.

그런 규명이 부족할 경우 수많은 감정위원들이 그 그림이 가짜라고 주장하더라도 박삼수를 처벌하기가 여의치 않게 된다. 말하자면 육안 감식을 통한 다수의 주장이 아니라 객관적이고 과학적인 증거를 찾아내야 박삼수를 처벌할 수 있는 것이다. 하지만 날고 뛰는 범죄자들의 첨단 수법을 검찰이 따라갈 수 있을지는 장담하기가 어려운 일이었다.

6

그림이 진짜면 감정위원 김복남이, 그림이 가짜면 화상 박삼수가 죄인이 된다. 법적인 처벌도 따르겠지만 두 사람 모두 그동안 쌓아놓은 명성과 기반이 무너지는 사태를 맞게 될 것이다. 화상 박삼수는 사업적으로 신뢰를 잃게 되어 그 바닥에서설 땅이 없어지게 될 것이고, 감정위원 김복남은 다니던 대학에서 쫓겨날 수도 있다.

진짜라는 쪽과 가짜라는 쪽이 팽팽히 맞서 서로 법의 심판을받겠다고 고소를 하다못해 기자회견까지 했다. 그러고는 공을검찰에 넘겼다. 그 공을 받아 쥔 한대희 검사는 그림 전문가도아니거니와 이런 사건을 맡아본 경험도 없었다. 그렇다 보니수사의 시초인 범의를 파악하기가 그리 쉬울 것 같지 않았다.범의의 여부는 수사 첫 단계에서는 상당히 중요한 요소다.

7

일주일 후, 김복남 교수가 왔다. 그는 자기를 변호할 자료를 한아름 들고 왔다. 조사실에서 한대희 검사가 김복남 교수와 직접 마주 앉았다.

"처음부터 감정 팀에 참여하셨죠?"

"네."

"처음부터 그 그림이 가짜라고 생각하셨나요?"

"그렇습니다."

"다른 위원들은 어땠나요? 그 그림이 진짜라는 의견을 제시한 감정위원도 있었을 것 같은데?"

"아니, 없었습니다."

감정위원들 모두가 그 그림을 가짜로 감정했다는 얘기인데, 의외의 대답이었다. 김복남 교수를 제외한 다른 감정위원들은 이번 사태 이후 모두 입을 닫고 있었는데, 처음부터 전원이 가짜로 감정했다면 그건 상식적으로 있기 어려운 일이었던 것이다.

"그럼 교수님의 기자회견에 다른 위원들은 왜 나오지 않으셨을까요?"

"사건에 휘말리고 싶지 않아서 그랬겠지요."

"그러고 보니 고소도 혼자 하셨군요?"

"다른 위원들은 꼬리를 감추고, 저만 남았습니다."

이로써 김복남 교수가 혼자서 고소를 진행하고 사건의 한복

판에 뛰어들게 된 사정은 충분히 이해할 수 있었다. 이제부터는 그가 왜 그림을 가짜라고 주장하는지, 그 근거를 헤집어봐야 할 것이었다.

"감정 과정에서 사용한 체크리스트를 갖고 오셨나요?"

검사의 질문에 김복남 교수는 깜짝 놀라는 표정이었다. 의외의 질문이라는 반응이었다.

"체크리스트요? 그런 건 없습니다."

전문가들이 감정을 할 때 기준으로 삼는 체크리스트 같은 것이 당연히 있을 줄 알았는데, 그런 것이 아예 없다고 한다. 체크리스트도 없이 육안으로만 감정을 했다는 얘기고, 이건 김복남 교수를 비롯한 감정위원들의 판단에 대한 신뢰성에 의문을 가질 수도 있다는 얘기가 된다.

"그렇다면 교수님이나 다른 감정위원들의 감정 결과를 절대적으로 신뢰하기는 어렵지 않을까요?"

"절대적이라기보다… 모두가 확신했다고 해야겠지요."

확신이라고 한다. 한대희 검사는 확신의 기준도 없이 확신이라고 말하는 김복남 교수를 조용히 쳐다보았다. 그때 그가 싸들고 왔던 자료를 책상 위에 올려놓았다. 이삿짐을 쌀 때 사용하는 소형 박스 크기의 상자에 담긴, 상당한 분량의 자료들이었다. 대강 넘겨보니 거의 전문적인 용어로 작성된, 일종의 논문 같은 것들이 많았다. 잘 살펴보겠다며 일단 자료를 넘겨받았다.

8

김복남이 제시한 자료의 내용은 화상 박삼수가 시중에 내어놓은 그림이 어떤 이유로 가짜인지 조목조목 설명하고, 이와 관계된 여러 전문가의 의견을 첨부한 것이었다. 그림의 지질이 어떻고, 그려진 물감의 성분이 어떻고 하는 어려운 설명을 이어가면서 그림이 가짜라는 것을 나름대로 규명하고 있었다. 하지만 안타깝게도 그건 본인의 주장을 뒷받침하기 위한 새로운 주장을 덧보탠 것일 뿐, 그림의 진위 여부를 과학적이고 객관적인 증거로 명쾌하게 보여주는 것은 아니었다.

기자들은 미술품 감정이 해당 분야 전문가들만이 참여할 수 있는 특수한 영역이고, 거기에 검찰이 칼을 들이댄다는 것 자체가 어불성설이라는 투로 말하고 있었다. 아무리 전문가의 영역이라 하더라도 자신을 비롯한 비전문가를 설득시키지 못한다면 그건 내부자들이 스스로 만들어놓은 장벽에 불과했다. 미술품의 감정이든 무엇이든 전문가는 사실에 입각해서 문제의 결론을 내리고, 이를 모든 사람들이 알아들을 수 있도록 설명할 수 있어야 한다는 점에서 김복남 교수의 자료들은 그 방대한 양에도 불구하고 검찰 측을 설득하는 데 실패하고 있었다.

그다음 날, 이번에는 화상 박삼수와 조사실에서 마주 앉았다. 선입견을 가지지 않으려고 무진 노력했음에도 불구하고 박삼수가 아수라 같은 미술판에서 거물 노릇을 하는 고급 양아치 정도일 것이라는 생각을 가지고 있었다. 그런데 실제 만나보니 전혀 그렇게 느껴지지 않았다. 양복 차림에 타이를 메고 왔는데 어쩐지 맵시가 어색했다. 평소 양복을 잘 입지 않는 사람이라는 의미였다.

상당한 재산가임이 분명한 데도 검찰에 출두하면서 싸구려 양복을 입고 나타났다는 것은 그가 평소 얼마나 수수한 사람인가를 알려주는 방증일 수 있었다. 회색을 지나 이미 흰색으로 변한 머리 역시 동네 싸구려 이발소에서 자른 것이 분명해 보였다. 그런데 더욱 이상한 점은 그가 특별한 소명자료를 전혀 지참하지 않았다는 점이었다.

"저는 그 그림이 가짜라는 생각을 단 한 번도 해보지 않았습니다. L화백과 저는 수십 년 인연을 맺어온 사이고, 이번에 문제가 된 그 그림은 L화백의 아들이 보관하고 있다가 저에게 넘긴 그림입니다. 이 점은 L화백의 아들이 직접 해명한 바 있고 언론에도 크게 기사가 났습니다."

"저도 알고 있습니다. 그런 정황 증거나 증언 외에 달리 그림의 진위를 증명할 자료는 없습니까?"

박삼수는 한동안 난처한 표정을 짓더니 무겁게 입을 열었다.

"증명은 진짜 그림을 가짜라고 주장하는 쪽에서 해야 한다고 생각합니다. 그림을 판 사람도 진짜라고 하고, 그림을 산 사람도 진짜라고 하는데, 그 중간에 있는 사람이 갑자기 나타나서 가짜라고 주장하는 상황이니, 가짜라고 주장하는 사람이 그림이 가짜임을 증명해야지, 진짜를 진짜라고 하는 사람이 무언가를 증명할 이유는 없을 겁니다."

박삼수는 수수한 차림과 꾸미지 않은 말투에도 불구하고 상당히 논리적이고 합리적인 사람이었다. 문제는 그가 고소인인 동시에 피고소인이면서도 자신을 방어하기 위한 노력을 전혀 하지 않는다는 점이었다. 말하자면 주장만 있지 증거가 없었다.

"그 그림이 가짜라는 김복남 교수의 감정 결과를 뒤집으려면 그래도 반박할 증거가 필요하지 않을까요?"

이번에도 박삼수는 한동안 생각에 잠긴 표정으로 입을 다물고 있었다. 검찰에 나오기 전에 자기가 가졌던 짐작과는 무언가 다르게 판이 돌아가고 있다는 걸 이제야 눈치챈 사람의 표정이었다.

"가장 확실한 증거는 그림을 그린 L화백의 증언일 겁니다. 하지만 그분은 이미 돌아가셔서 증언을 할 수가 없지요."

　박삼수의 말을 들으면서 한대희 검사는 잠깐 천경자 화백의 일을 떠올렸다. 그림을 그린 화가 본인의 증언이라고 해서 모두 받아들여지는 것은 아닐 수도 있다는 걸 그 사건은 말하고 있었다. 말하자면 이 동네에서는 상식이 통하지 않는 것이다. 전문가들의 감정 결과라는 것도 믿을 수 없기는 매한가지였다. 천경자 화백이 스스로 그리지 않았다고 밝힌 〈미인도〉를 두고 국내 최고의 전문가들로 구성된 자문팀은 천경자 화백의 그림이 맞다는 결론을 내놓았었다.

　이런 상황을 두루 감안할 때 박삼수의 말처럼 L화백이 살아 돌아와 그 그림의 진위 여부를 스스로 밝힌다고 하더라도 그게 곧 결론이 된다는 보장은 없었다. 도대체 무슨 사건을 맡은 건가 하는 회의가 가슴을 훑고 지나갔다. 얼마나 난감한 일들이 그의 앞에서 기다리고 있는지, 아직은 상상하기도 어려웠다. 그래도 하나하나 풀어가는 수밖에는 다른 뾰족한 수가 없었다.

"가짜라고 주장하는 쪽에 입증책임이 있다는 건 인정합니다. 김복남 교수에게도 이미 그렇게 말해두었고, 어제 상당한 양의 자료를 제출하기도 했습니다. 여기에 대항하려면 사장님께서도 무언가 준비를 해야 하지 않겠습니까? 김 교수가 어떤 증거를 들이대더라도 반박할 수 있는 그런 확실한 증거가 있어야 한다는 얘기죠."

양쪽에서 제시할 수 있는 가장 확실한 증거를 펼쳐놓고 판단하면 흑백을 가릴 수 있을 것이라 생각했다. 그래서 박삼수에게도 결정적인 증거를 내놓아야 한다고 주문하고 있는 것이었다. 그런 의도를 알아채기라도 한 것인지 박삼수는 한참 만에 입을 열더니 이런 제안을 해왔다.

"저는 오래전부터 L화백과 알고 지냈습니다. 제 손을 거쳐간 L화백의 작품이 수십 점도 넘습니다. L화백의 그림은 누구보다 제가 잘 압니다. 만약……."

"잠깐만요."

박삼수가 무언가 이야기를 이어가려는 중간에 말을 자른 것은 그의 말 가운데 한 부분이 섬광과도 같은 아이디어 하나를 떠오르게 했기 때문이었다.

"이번에 문제가 된 그 그림에 보면 1954년에 그린 걸로 표기가 되어 있더군요. 그렇죠?"

그림의 원본을 보지 못했지만 사진은 이미 여러 차례 본 터여서 그림에 표기된 날짜를 정확히 기억하고 있었다.

"그렇습니다."

박삼수 역시 이번에도 선선히 수긍했다.

"그럼 그 종이는 1954년 이전에 만들어진 종이여야겠군요."

박삼수는 조용히 머리를 끄덕였다. 그의 의도를 알아챈 모양이었다.

"좋습니다. 사건 당사자로서 제가 검사님께 요청하겠습니다. 그림에 사용된 종이의 생산 연대를 과학적으로 분석해주시지요."

하지만 원본 그림이 없었다. 박삼수도 그걸 알았다. 그림은 소장자의 손에 이미 넘어가 있는 것이다.

"그러려면 원본 그림이 필요합니다. 수집가에게 넘어갔다고 하는데, 그 그림을 다시 입수할 수 있을까요?"

"그건 어렵지 않을 겁니다. 구매자를 알고 있으니 제가 그림을 일정 기간 다시 대여해보도록 하겠습니다."

박삼수에 대한 첫 조사는 그렇게 마무리가 되었다. 다행히 소장자의 허락이 있어 국립 과학수사연구원에 성분 분석을 의뢰

했는데, 그 결과가 나오기까지 꼬박 두 달이 걸렸다. 그 사이 그림판에서 종종 벌어지는 위작 논란에 대한 몇 가지 이야기들을 찾아 읽었다. 알면 알수록 알 수 없는 동네, 파면 팔수록 요지경인 동네가 역시나 미술판이었다.

9

1940년대 초반, 일본은 미망에 빠져 있었다. 세계에서 제일가는 제철 기술을 믿고 전쟁을 일으켰지만 미국에 일본보다 더 많은 철광이 숨어 있다는 건 미처 생각하지 못했다. 일본의 전쟁 지휘자 중에는 미국에서 유학한 사람이 적지 않았다. 그들은 미국을 잘 알고 있어 개인적으로는 미국과의 전쟁을 바라지 않았다. 하지만 대세를 따르지 않을 수 없었다. 일본이 마침내 가공할 만한 화력을 지닌 무기를 만들 수 있게 되자 군부에서는 세계를 제패할 꿈을 꾸었다.

항공모함도 건조하고 항공기도 만드는 등 막강한 전력을 준비했다. 초반에는 승승장구했으나 시간이 흐르자 패전을 거듭했다. 그러자 일본의 국내 사정이 절박해졌다.

이 무렵 도쿄에서 위조지폐 사건이 일어났다. 당시 최고액권에 해당하는 위폐였는데, 한 장이 발견되자 당국에서는 여러 장이 나도는 줄 알고 바짝 긴장했다. 그런데 전문가들이 위폐를 자세히 살펴보니 놀랍게도 손으로 그린 것이었다. 감정위원들은 그 정밀함에 혀를 내둘렀다.

수사 당국은 일본 정국을 교란시키기 위해 적국이나 한국인이 위폐를 만든 것이라고 짐작해, 영문도 모르는 한국인 화가들을 헌병대로 끌고 가 고문했다. 약물 주사를 주입해 심문하기도 하고, 물리적인 고문도 했다. 그들은 패전의 징후가 짙어질수록 시간에 쫓기고 있었다. 정상적인 절차를 밟지 않고 심한 고문부터 자행했으나 없는 사실을 밝혀낼 수는 없었다. 위폐는 한 장 이상 발견되지 않았지만, 일본이 발칵 뒤집힌 사건이었다.

얼마 지나지 않아 범인이 잡혔는데, 잡힌 범인은 엉뚱하게도 도쿄에 있는 일류대학 미술학부 학생이었다. 그 학생은 '돈이 없어서 돈을 그렸다'고 진술했다. 일본 정부는 이 사건을 비밀에 부쳤지만 소문은 소리 없이 퍼져 나갔다. 소문을 접한 사람들은 돈을 그린 미술학부 학생을 부러워하기도 하고 동정하기도 했다. 피폐한 전시 중에 일어난 사건이었다.

전쟁 후 이 위폐가 공매되었는데, 놀라운 액수로 한 수집가에게 넘어갔다. 그런데 세월이 흐르면서 이 돈 그림의 값이 나날이 더 치솟았고, 지금은 어떤 명화보다 비싼 몸값을 자랑한다고 한다.

10

유럽의 한 공항 귀빈실에서 유명 노화가가 비행기를 기다리고 있었다. 그때 어느 신사 한 명이 포장된 그림을 들고 그에게 다가오더니 정중히 인사를 건넸다.

"선생님, 저는 선생님의 작품에 빠져서 선생님 작품을 여러 점 소장하고 있습니다."

화가는 자신의 열혈 팬이 와서 정중히 예를 갖추자 반갑지 않을 수 없었다.

"그러시군요. 감사합니다."

"그런데 선생님께서 그린 그림 중에 사인을 빠뜨린 것이 있었습니다."

"오! 그래요?"

사나이는 들고 있던 그림의 포장을 풀고 노화가에게 그림을 내보였다. 노화가가 그림을 보더니 고개를 끄덕이며 이 그림을 어디에서 언제 그렸고 그때 사랑했던 여인이 누구라는 얘기까지 장황하게 늘어놓았다. 그를 둘러싸고 있던 기자들이 그의 이야기를 받아 적고 있었다.

"내가 간혹 사인을 빠뜨리곤 한답니다. 물감과 붓이 있으면 좋을 텐데……."

"마침 제게 물감과 붓이 있습니다."

신사는 그렇게 말하며 노화가에게 가는 붓 하나를 내밀었다. 노화가는 자신의 그림에 사인을 빠뜨린 것을 상당히 미안하게 생각하며 정성껏 사인을 해주었다.

그 후, 이 그림을 어떤 나라의 국립미술관에서 고액에 사들여 전시하였는데, 결국 위작으로 판명되었다. 위작임을 밝힌 것은 공항에서 그림에 사인을 받은 바로 그 화상이었다. 그가 유언으로 진실을 밝히지 않았으면 아직도 화가의 진품 그림으로 버젓이 전시되어 있을 작품이었다. 그런데 가상한 것은, 박물관에서 그림을 버리지 않고 그러한 사연과 함께 여전히 전시하고 있으며, 이 그림을 보러 오는 관객도 적지 않다고 한다.

황학동 김박 노인

황학동
김박 노인

1

서울의 성 안을 가로질러 흐르는 청계천은 오래전부터 수많은 이야기를 품고 있다. 북악의 작은 개울들이 모여들고, 장안을 둘러싼 산들에서 모인 물이 이 개천을 따라 동으로 흘러 한강으로 빠져나간다.

검사에 임용된 첫해이던 1991년 봄, 청계천은 복개되어 있었다. 외형상으로 청계천의 모습은 볼 수 없고 이름만 있을 따름이었다. 그러나 복개천이라는 것이 완전히 메워진 것이 아닌 뚜껑으로 덮여 있는 것이어서 그 밑으로 계속 물이 흐르고 있었다.

동학사 가는 길

하천 관리인들은 개수구나 통로를 통해서 터널처럼 뚫린 청계천의 지하에 드나들곤 했다. 그러나 지상은 그러한 모습과는 다르게 자동차가 이중으로 다니고, 갓길에는 여러 상점들이 늘어서 있었다.

청계천변을 사람들은 1가, 2가로 나누어 이름 붙여 부르고 있었다. 청계7가에서 청계8가로 넘어가는 구역의 상점들은 대개가 헌책부터 중고 테이프에 이르기까지 다양한 중고품들을 파는 곳들이었다. 이곳을 흔히 황학시장이라 불렀는데, 황학동에 있는 시장이라는 뜻 외에 다른 뜻은 없었다. 황학동이라는 지명은 옛날에 이곳이 도심에서 상당히 멀리 떨어진 곳이었음을 말해준다. 지금이야 황학의 모습을 볼 수 없지만, 예전에는 이 부근이 실제로 황학이 노닐던 논밭이었다고 한다.

1990년대의 황학동 청계천 인근은 그런 옛날과는 달리 엄청나게 많은 사람들이 붐비는 시장이 되어 있었다. 시장 골목에는 사람들로 가득했고 상점뿐만 아니라 길바닥에도 물건을 진열해놓고 팔고 있었다. 만물이라는 말이 있지만, 그러한 말도 어울리지 않을 만큼 더 많은 물건들이 늘어서 있었다. 무슨 물건들이 그리 많으냐고 하겠지만 정말 없는 것이 없었다. 이 세상에 존재하는 여러 가지 물건들이 다 있다고 하면 믿지 않을지 모르지만 정말 없는 것이 없었다.

2

몇 번 와보니 이곳을 찾는 사람들도 나름대로의 개성이 있다는 것을 알 수 있었다. 헌 옷만 찾아 헤매는 사람이 있고, 헌 신발만 찾아 헤매는 사람이 있고, 오래된 라디오만 찾아 헤매는 손님이 있었다. 사람들은 이것저것 살 것 같아도 한 가지 자신이 찾는 물건만 찾아다니고 있었다. 그것은 손에 쥔, 구매한 물건들을 보아 쉬이 알 수 있었다.

성동학교에서 청계파출소를 돌아 청계7가 천변 상가 쪽으로 걸었다. 천변을 따라 늘어선 상가에는 만물들이 상인이나 군중과 함께 뒤범벅 되어 있었다. 물건들이 사람이 다녀야 할 인도를 온통 점거해, 길가에 펼쳐진 물건들이 지나는 이들의 시선을 멈추게 했다. 디자인이 이상한 헌 옷, 빛바랜 조각과 수석들, 비디오테이프, 주물로 된 장식품, 신발……. 헌책방에도 책만 있는 것이 아니고, 찢어진 수묵화들이 걸려 있었다. 빛이 바

68

래, 한눈에도 오래되어 보였다.

  오래된 물건들을 보면 평소에는 전혀 기억하지 못했던 생각들이 살아나곤 했다. 어린 시절에 동무들과 낚시를 하고 물장구치며 놀던 일이며, 숯불을 담아 다림질을 하고 호롱불을 켜놓고 트랜지스터라디오로 방송을 듣던 시절의 사연들도 생각났다. 밤새워 그것을 만들던 추억도 있고, 그것을 산 추억도 있었다.

  그리고 누군가에게 선물을 하거나 받은 기억도 났다. 질그릇도 누군가의 손에 의해 빚어져 불에 구워졌으리라. 도공은 무슨 생각을 하면서 물레를 돌렸을까? 노(爐)는 어떤 모양이었을까? 너구리 노였을까? 불은 무엇으로 지폈을까? 참나무였을까 소나무였을까? 어느 산골에서 구워져 누구의 집으로 갔다가 이곳까지 왔을까? 번잡한 천변을 따라 걷다, 자신도 모르게 정겹게 보이는 소품과 잡동사니들에게 빨려 들어가곤 했었다.

  온갖 물건들을 구경하는 것 자체가 즐거움이었다. 그렇게 이곳에 드나들기 시작한 지 몇 달 지나지 않았을 때였다. 시장 입구에 자리 잡은 첫 번째 가게에서 작은 호리병과 고기 두 마리가 그려진 교과서 크기만한 오래된 유화 한 점을 발견하게 되었는데, 이미 심하게 훼손된 그림이었다. 화재는 술이 담긴 호리병과 굴비 두 마리가 그려져 있는 주안상이었다. 걸어놓고 매일 먹음직했다. 가게 주인에게 물었다.

"얼마죠?"

"만 원."

구매에 고심할 필요는 없었다. 청계천 황학시장에서의 첫 거래가 그렇게 이루어졌다.

만 원짜리치고는 괜찮은 그림이라는 생각이 들었다. 신문지에 싸들고 가게를 나서니 가슴이 뿌듯할 지경이었다. 비로소 자기도 그림을 수집하는 축에 끼이게 된 것이었다. 그림을 안고 사람들 틈에 끼어앉아 잔치국수를 한 그릇 먹으니, 어느새 자기도 시장판의 일원이 된 듯한 착각이 들었다.

3

긴 장마가 지나고 모처럼 시장에 나갔던 어느 날, 충동구매의 욕구를 이기지 못하고 사고를 쳤다. 먼저 군중에 휩쓸려 이곳저곳 구경을 하다가 허름한 헌책방 한구석에 놓인, 어디선가 본 듯한 정물화 한 점을 발견하게 되었다. 신문에서 본 적이 있는, 억대를 호가한다는 모 화백의 정물화와 퍽이나 흡사한 그림이었다.

"그건 2만 원인데요."

2만 원? 별것 아니었다. 그림을 사고 다음 가게로 이동했다. 거기서는 성하(盛夏)의 푸르른 도봉산 계곡을 그린 그림이 눈에 띄었다. 캔버스 뒷면에 Lee라는 사인이 있었다. 그 그림도 샀다. 또 다른 산 그림 하나도 샀는데, 아랫부분으로 내려오면서 가로로 붉은색의 변화를 준, 산의 웅장함을 잘 표현한 그림이었다. 그날따라 괜찮은 그림들이 많이 보인다고 생각했었다.

앞면에 화가의 사인이 있는 그림도 있고 뒷면에 사인이 있는 그림도 있었다. 그림의 앞면에 그려진 사인보다 뒷면에 적힌 사인이 더 낫다고 생각되었다. 그러면서 중학교 때의 친구 김중휘가 잠깐 떠오르기도 했다. 그가 그린 그림의 뒷면에는 다른 아이들의 이름이 적혀 있곤 했었다.

또 다른 가게에서는 젊은 여인이 그려진 상큼한 그림과, 같은 화풍이면서 초로의 여인이 사과를 깎고 있는 모습을 그린 그림이 눈에 띄었다. 폐창이 있는 염전에 석양빛이 캔버스에 붉게 깔려 있는 그림도 있었는데, 클린트 이스트우드가 휘파람을 불며 낚싯대를 메고 나타날 것만 같았다.

그런데 그때, 갑자기 이상한 현상이 일어났다. 여기저기 가게들에 흩어져 있는 그림들이 모두 돈으로 보이기 시작하는 것이었다. 무언가에 홀린 것처럼 보이는 대로 탐욕스럽게 그림을 사기 시작한 것도 그 때문이었다.

4

　그날 그렇게 그림들을 마구잡이로 사들인 이유는 무엇이었을까? 단순한 충동구매가 아니었음은 분명하다. 그보다는 그중에 한 점이라도 돈이 되는 그림이 섞여 있을지 모른다는 기대감 때문이었으리라. 매스컴에서 그림이 돈이 된다고 하니 그저 그 그림들 중에 혹 돈 되는 그림이 있을지도 모른다는 부푼 꿈을 안고 그림을 샀던 것이다. 하지만 꿈은 꿈일 뿐, 그날 사들인 그림들은 얼마 지나지 않아 쓰레기통 속으로 사라지고 말았다. 언제 어떻게 버려졌는지도 모르게. 그렇다고 그림 수집벽까지 함께 버려진 것은 아니어서, 한동안 황학시장에 들락거리는 횟수는 증가 일로를 걸었었다.

5

그렇게 황학시장에 들락거리던 어느 날 김박이라는 노인을 알게 되었다. 1층에 상가들이 줄지어 있고 2층부터 5층까지 살림집들이 들어선 아파트 상가의 제일 구석에 그의 가게가 있었다. 가게가 너무 좁아서 잡다한 그림들은 상가 바깥의 계단 아래에 진열해놓고 있었는데, 말하자면 가게는 창고 용도로 쓰일 뿐 실제로는 난전이나 다름없었다. 두 노인이 가게를 지켰는데, 이씨 성을 가진 종업원인 듯한 노인이 친구이자 주인으로 보이는 다른 노인을 '김박'이라고 불렀다. 김 박사의 줄임말일 듯한데 무슨 박사라는 건지는 끝내 알 수 없었다.

황학동에 나갈 때면 간판도 없는 그 노인의 가게에 꼬박꼬박 들렀다. 그림도 몇 점 샀다. 하지만 그다지 큰 기대를 가질 만한 그림들은 아니었다. 그럼에도 그 가게에 자주 들르게 된 것은 두 노인이 풍기는 어떤 독특한 냄새가 거기에 있었기 때문이었다. 노인들의 몸에서 나는 퀴퀴한 냄새를 말하는 건 아니다. 그런 냄새는 시장통 어디에든 배어 있었다. 그보다는 더 음습하고 눅진한, 정체를 알 수 없지만 묘하게 사람을 끌어들이는 냄새, 혹은 향이 거기에 있었다. 자주 얼굴을 마주치고 그림도 몇 점 팔아주자 노인들은 커피를 파는 아주머니를 불러 대접하기도 했다. 그러던 어느 날 김박이라 불리는 노인이 난데없는 제안을 하나 해왔다.

"나랑 소주 한잔 하실라우?"

아무리 낯이 좀 익었다지만 벌건 대낮에 소주잔을 기울이자니, 너무 갑작스런 제안이었다. 하지만 딱히 거절해야 할 이유도 없었다.

"그 전에 나랑 잠깐 가볼 곳이 있다우."

그렇게 말하며 자리를 털고 일어선 김박 노인은 앞장서서 가게가 있는 아파트 상가의 지하 계단으로 향했다. 김박 노인에게 포획된 짐승처럼 조용히 그 뒤를 따랐다.

가게에 가는 줄 알았는데 실제로 이끌려 간 곳은 그야말로 지하 골방이었고, 거기에는 집시들이라고밖에는 달리 표현할 수 없을 것 같은 차림과 표정의 사내들 서너 명이 널브러져 있었다. 희미한 불빛 아래로 김박 노인의 가게에서 봐왔던 낯익은 그림들이 여기저기 흩어져 있었다. 개중에는 교과서에서 본 듯한 그림도 있었다. 유명한 화가의 그림들을 그대로 모사하여 싸구려로 파는 곳이 김박 노인과 이씨 노인이 운영하는 바로 그 가게고, 그곳에 물건을 대주는 환쟁이들이 모여 기거하는 곳이 그 지하의 토굴 같은 방이란 걸 단박에 알아차릴 수 있었다.

"야들은 모두 그림밖에 모르는 놈들입니다. 하지만 자기 이름으로 그림을 그려서는 생계조차 유지할 수 없는 하류 환쟁이들이죠. 그래서 이렇게 남의 그림이나 베껴 그리고 있답니다. 이게 유일한 생계 수단이죠. 더러 자기 그림을 그리기도 하지만 알아주는 사람이 없으니 물감 값만 아깝죠."

방구석에 나뒹구는 찌그러진 양은그릇이며 몽당숟가락이 그들의 생활을 단적으로 말해주고 있었다. 지저분한 팔레트와 다리가 잘린 이젤이 놓여 있고, 석유가 담긴 깡통에 붓이 잠겨 있었다.

"근데 왜 여길 저한테……."

김박 노인이 자신에게 집시 화가들의 작업실을 보여주는 이유가 궁금했다.

"고흐의 그림을 그대로 따라 그리면 전문가도 알아보기 어렵습니다. 고갱도 그렇고, 피카소는 더 쉽지요. 우리나라 화가들도 마찬가집니다."

그들이 위작도 만든다는 얘기처럼 들렸다.

"하지만 우리는 가짜 그림을 그려서 진짜로 속여 팔지는 않습니다. 우리가 그린 진짜 같은 고흐 그림을 진짜라고 정말 믿고 사는 손님은 아무도 없지요."

"그림을 모사해서 팔기는 하지만, 가짜는 아니다?"

"그래요. 진짜는 아니지만 가짜도 아니죠. 그냥 모사한 그림이고, 그건 진품을 사진으로 찍어서 인화한 것에 가까울 겁니다."

"그렇군요. 이해했습니다. 그래도 역시 제가 왜 이런 걸 알아야 하는지는 여전히 이해가 가지 않습니다만……."

아까처럼 다시 말끝을 얼버무렸다. 지하실의 방문을 닫아주고 다시 계단을 오르며 김박 노인은 천천히 입을 열었다.

"사장님…, 사장님이라고 불러도 되겠죠? 사장님도 보니까, 어느새 꽤 오래 이 시장에 들락거리신 거 같은데, 아무 그림이나 함부로 사서는 안 된다는 걸 알려드리고 싶었지유."

"아무 그림이나 사면 안 된다?"

"그래요. 우리야 대놓고 명화들을 모사해서 싸구려로 팔아 생계를 유지하지만, 더러는 유명한 화가들의 숨겨진 작품이라며 가짜 그림들을 파는 작자들도 있거든요. 실제로 그런 그림들이 이 시장에 굴러다닐 수도 있지만, 그건 아마 퍽이나 희귀한 일일 겁니다. 그러니 조심하셔야 합니다."

고마운 얘기였다. 나름 김박 노인의 눈에는 불안하게 보였던 모양이고, 그래서 이런 호의를 베푸는 것이라는 데 생각이 미치자 고마운 마음까지 들었다. 그날 두 사람은 시장 한켠에 위치한 김치찌개 집에서 소주 한 병을 나누어 마시고 헤어졌다.

동학사 가는 길

김박 노인은 자신이 화가를 꿈꾸었지만 결국 화가가 되지 못한 채 불우해지고 말았다는 얘기며, 같이 일하는 친구인 이씨 노인의 본명이 이광섭이라는 것과 그가 이중섭 화백과 먼 친척이라는 따위의 얘기들을 두서없이 들려주었다. 그러면서 그림을 배울 곳도 마땅치 않고, 배우더라도 생계를 꾸려가기 어려운 현실에 대해서도 한참이나 개탄을 늘어놓았다. 그렇게 김박 노인의 얘기를 듣고 있으려니 어쩐지 믿을 수 있는 그림판의 전문가 한 사람을 알게 된 것만 같은 포만감마저 느껴졌다. 김박 노인이 진짜라면 진짜고 가짜라면 가짜일 게 분명하다는 확신 같은 것도 생겼다.

6

C화백의 그림, 아니 C화백의 그림일지도 모르는 그림들을 한꺼번에 여섯 점이나 손에 넣은 것도 김박 노인을 통해서였다. 한 달여 만에 황학동에 다시 나간 날이었는데, 그날은 어쩐 일인지 이씨 노인의 모습이 보이지 않았다.

"친구 분이 안 보이시네요?"

"죽었어."

김박 노인은 그 한마디만 내뱉을 뿐 더는 말을 이어갈 생각이 없는 눈치였다. 그가 뿜어내는 희뿌연 담배 연기가 그의 눈을 가리고 있었다.

"나도 이제 이 장사 그만할 생각이라우."

한참만에야 김박 노인은 그렇게 뇌까렸다.

"어디 여생을 지낼 곳은 보아두셨나요?"

역시 큰 기대를 하지 않고 장단에 맞춘답시고 그렇게 물었다.

"고향이라는 게 왜 있겠수?"

대답인지 질문인지 알 수 없는 한마디를 남기더니 노인은 다시 입을 닫고 끽연에만 열중하고 있었다. 가게 앞을 지나치는 사람은 많아도 여기저기 놓인 그림들을 유심히 들여다보려는 손님은 하나도 눈에 띄지 않았다. 그렇게 다시 한동안의 정적이 이어지고 나서야 김박 노인의 입에서 난데없는 단어가 튀어나왔다.

"검사님!"

한대희는 깜짝 놀라서 하마터면 비명을 지를 뻔했다. 한 번도 검사라는 얘기를 한 적이 없고, 오히려 일반 회사에 다닌다고 거짓말을 했었는데, 김박 노인은 자신이 검사라는 걸 이미 알고 있었던 모양이었다.

"제가 검사라는 걸 어떻게?"

김박 노인은 잠깐 시선을 돌리더니 피식 희미하게 웃었다. 조롱이나 비웃음이라고 여겨지지는 않았다.

"시장통 사람들이라고 다 바보 멍충이는 아니라우. 우리에게도 귀가 있고 눈이 있고 발이 있다우."

딱히 할 말이 없었다.

"검사님, 어쩌면 오늘이 우리 두 사람의 마지막 거래가 될 듯한데, 내 선물 하나 드리다."

그러더니 김박 노인은 가게 구석에 놓인 박스 안에서 그림 몇 장을 찾아들고 나왔다. 마지막 선물이라기에 대단한 그림이라도 되는 줄 알았는데, 고작 8절 크기의 켄트지를 4등분한 작은 그림 5장과 천막지에 그린 그림 1장이었다. 5장의 켄트지에는 그림은 연고동색의 옅은 물감으로 칠해진 배색 위에, 진고동색 잉크로 쓱쓱 그림이 그려져 있었다. 산과 들판, 바다와 배 등이 그려진 그림이었다. 연필로 그린 크로키와는 질감이 다르게 매직 펜 같은 것으로 그린 약화(略畵)들이었다. 유화가 아니어서 별로 눈에 들어오지도 않았다. 유화가 아니라면 보존성도 그렇고 혹시 모를 행운도 올 리가 없기 때문이었다.

그림을 보고는 다소 시큰둥한 반응을 보이자 이번에는 김박 노인이 채근하듯 보챘다.

"한번 자세히 보기라도 하시지."

그제야 작은 종이 그림에 적힌 화가의 사인이 눈에 들어왔다. 거기에는 그림을 그린 날짜와 함께 그린 이의 사인과 그린 날짜가 선명하게 그려져 있었다.

- Ucchin. C. 77. 1. 23.

"이거 진품입니까?"

화들짝 놀라 눈을 동그랗게 뜨고 김박 노인의 얼굴을 노려보았다.

"검사님에게 설마 가짜를 팔겠우? 흐흐흐."

김박 노인의 웃음에서는 어쩐지 음흉한 냄새가 났다.

"정말 진품이란 말입니까?"

재차 채근하자 김박 노인은 후유 하고 긴 한숨부터 내쉬었다.

"알 수 없지요."

알 수 없단다. 그림을 파는 화상이 손님에게 그 그림이 진짜지 가짠지 알 수 없다고 한다.

"그게 무슨 말이죠?"

김박 노인은 질문에 별로 대답할 생각이 없는지 다시 담배에 불만 붙였다. 몇 번인가 연기를 길게 내뿜은 뒤에야 어렵게 입을 열었다. 하지만 질문에 대한 대답은 아니었다.

"여기서는 물건만 보고 각자의 책임 아래 거래가 이루어진다우. 아니면 말고… 뭐, 그런 거지."

"그냥 그림만 보고 사거나 팔거나 한다는 얘기군요? 책임은 누구도 지지 않고."

"맞아유. 진짠지 가짠지 아무도 장담할 수 없으니까."

"값은 어떻게?"

"한 장에 3만 원씩 주시면 됩니다."

"그럼 18만 원인데 몽땅 15만 원 하시지요."

"그러시지요."

흥정을 하고 나니 그리 개운치 않았다. 지하 골방의 집시 화가들이 C화백의 그림을 흉내 낸 것인지도 모른다는 생각이 들었다. 하지만 김박 노인은 자신은 그런 그림을 그리게 하거나 거래하지는 않는다고 분명히 말했었다. 그렇더라도 노인의 그 말이 진실인지 어떤지 확신할 수 없었다. 확신은 고사하고 그래봐야 장사치의 말은 믿지 않는 쪽이 현명할 거라고 생각하면서 마지막이라는 심정으로 다시 다그쳐 물었다.

"믿을 만한 정보가 좀 있어야 하는 거 아닙니까?"

하지만 이번에도 노인은 별로 대답하고 싶지 않다는 표정이었다. 어렵게 연 그의 입에서는 엉뚱한 얘기만 흘러나왔다.

"한번은 이런 일도 있었다우. 한복을 곱게 차려입은 젊은 자매가 손에 종려나무 가지와 장도(호신용 칼)를 들고 있고, 백합이 두 송이 그려진 그림 아래로 로마자 같은 글자가 적힌 유화그림이 난전에 나왔더래유. 청순하다 못해 거룩한 모습의 두 자매가 그려진 그림이었어유. 캔버스에 그려진 양화임에도 색감이 여려 어찌 보면 동양화 같기도 했답니다. 상태가 온전해 그림에서 빛이 나는 것 같았지유. 지나가던 가난한 화상이 10만 원에 사갔는데, 명동성당에 가져가서 평생 먹고도 남을 돈을 받고 팔았답디다. 알고 보니 1839년 천주교 기해박해 때 순교한 자매의 그림이었대유. 이 바닥에, 그러한 일도 있었지유."

여전히 그림의 진위 여부는 자신의 책임이 아니고, 그림을 사려는 자가 알아서 판단할 문제라는 얘기였다. 그러면서 한마디 내뱉었다.

"고물장수가 화백의 집 폐품에서 나온 대학노트에 붙어 있던 걸 떼어냈답디다."

그나마 그 정도의 답을 들은 게 전부였다. 김박 노인은 C화백의 이름 석 자는 끝내 혀끝에도 올리지 않았다.

 어둠이 깔리기 시작한 노변의 포장마차엔 떠나기 아쉬운 사
람들이 자리를 하고 있었다. 한대희도 비집고 들어가 낡은 런
던포그 코트를 입은 사나이 옆에 자리를 잡았다. 막걸리를 한
사발 들이켜고 나니 그림이 궁금해 그대로 있을 수 없었다. 신
문지를 풀어 그림을 백열등에 비추어 보았다. 만약 유명 화가
의 진품 그림이 맞다면 횡재를 한 것이다. 그림이 그림으로 보
이지 않고 돈으로 보였다. 그래서 이리저리 보면서 혼자서 싱
글거리기도 했다.

"무슨 그림이오?"

 옆에 앉은 사나이가 끼어들었다.

"별 거 아니오."

 한대희는 보던 그림을 감추었다. 사나이가 보채었다.

"거, 구경이나 좀 합시다."

"아니, 별 거 아닌 그림이오."

 너무 박절하다 싶어 그림을 그에게 건네니, 그림을 백열등 불
빛에 비추어 보던 사나이가 놀란 듯 외마디를 질렀다.

"아니, 이건 C화백의 그림이다!"

"C화백이라니요?"

한대희는 C화백의 이름을 처음 들어보기라도 하는 것처럼 시침을 떼었다.

"지난해에 작고하신 C화백도 모르오?"

"무슨 말이오?"

"여기 사인을 보세요."

사나이는 이리저리 보더니 힘주어 말했다.

"횡재다."

그러고 보니 얼마 전에 작고한 C화백의 기사를 읽은 기억도 살아났다. 여명기 한국 화단의 거장 중 일인이었다. 그런 유명 화가의 진짜 그림이 자기에게까지 올 리는 없을 터였다. 그렇다면 역시 김박 노인이 가짜 그림을 판 것일까? 가격만으로 보자면 가짜 그림이 아닐 수가 없었다.

"근데, 이게 그분이 그린 그림이 맞을까요?"

거장의 그림이 이런 시장에 나올 리도 없다고 생각되었다. 그리고 그렇다고 해도 서양화가의 그림이라면 유화여야 하는데 종이에 그려진 그림이었다. 종이 그림은 별 볼일 없다는 얘길 들은 적이 있었다.

"종이에 그린 그림은 값이 없다고 하던데."

사나이는 한대희의 말에도 아랑곳하지 않고 그림에 심취해 있었다.

"아! 대단한 행운이오."

사나이는 계속해서 감탄했다.

그는 버스정류소까지 따라오면서 값을 쳐줄 터이니 그림을 한 장이라도 나누자고 했다. 한대희는 사나이를 매몰차게 뿌리치고 마침 달려온 버스에 황급히 올라탔다.

그날 밤엔 결국 잠을 설쳤다. 온통 그림 생각으로 가득했다. 두 가지의 가정이 설정되었다. 그림이 진짜라는 것과 그림이 가짜라는 것이었다. 우선 진짜라는 가정에 상황을 대입해보았다. 첫 번째 반박의 논리는, 이런 거장의 그림이 온통 고물만 나도는 황학시장에 나올 리 없다는 것이었다. 더 이상 설명이 필요 없을 듯했다. 그렇다면 역시 가짜일까? 가짜 그림을 그리는 목적은 돈을 벌기 위해서다. 그런데 김박 노인은 한 장당 고작 3만 원도 안 되는 돈만을 받았다. 그보다 훨씬 싼 가격으로 그의 손에 들어갔다는 얘기다. 아마 김박 노인의 가게에 들어올 때는 5천 원에서 만 원 정도에 거래가 되지 않았을까 싶었다. 물론 그 돈이라도 벌려고 가짜 그림을 그려 팔았을지도 몰랐다. 그러나 돈을 벌기 위해, 그것도 몇 만 원을 벌기 위해 유명 화가의 영혼을 훔쳤다고 상상하기는 어려웠다.

8

그로부터 얼마 후, 청담동 어느 화랑에서 다른 거장들의 작품과 함께 C화백의 그림이 전시된다는 기사가 났다. 그런데 화랑 주인의 프로필이 마음을 끌었다. 국내 유명 대학을 나와 프랑스 유학까지 갔다 온 여성이었다. 이 여인에게 그림을 보여주면 어떤 식으로든 답을 들을 수 있지 않을까 하는 생각에 그림을 시사주간지 사이에 끼워 들고 청담동 화랑으로 향했다.

전시된 그림들을 둘러보았고, C화백의 작품에 있는 사인이 자기 그림에 있는 것과 완전히 똑같다는 것도 확인할 수 있었다. 한층 자신감이 생겨 미모의 화랑 주인에게 슬그머니 다가가 주간지에 끼워둔 그림을 보여주었다.

"어머, C선생님 그림이네요?"

그림을 받아든 여인은 그림들을 훑어보더니 바로 결론을 내렸다.

"이거…, C선생님 그림 아니에요."

여인의 단정적인 얘기를 듣는 순간 눈앞이 캄캄해졌다. 얼굴이 화끈거리고 가슴도 벌렁거렸다. 누가 보기라도 할까 봐 얼른 그림을 다시 주간지 사이에 끼웠다.

"선생님은 그림을 너무 쉽게 그리셔서 탈이야. 마음만 먹으면

나도 똑같이 그릴 수 있겠어."

　화랑 여주인의 독백을 뒤로하고 너무나 창피해서 황급히 화랑을 벗어났다.

9

　한동안 상실감이 그의 자존심을 상하게 했다. 그러나 포기하기는 쉽지 않았다. 사인을 가리고 그림을 다시 보니 누군가 이 그림을 가짜로 그린 동기가 설명되지 않았다. 위법인 걸 알면서도 가짜 그림을 그렸다면 큰돈을 노렸을 게 분명한데, 작자든 김박 노인이든 돈을 챙긴 것은 아니었다. 그렇다면 왜 이런 가짜 그림이 생겨난 것일까? 의문이 의문을 낳고 짐작이 짐작을 낳아서 종국에는 애초의 질문이 무엇이었던가까지 잃어버릴 지경으로 머리가 복잡했다. 하지만 포기할 수는 없었다. 아직은 C화백과 함께 지내던 제자들을 비롯해 관련자들이나 유족들이 생존하고 있는 시점이니 어떻게든 실마리를 찾을 수 있으리라 여겼다.

　실제로 여기저기 뒤져보니 생각보다 많은 사실을 파악할 수 있었다. C화백의 제자들은 벌써 중로의 신사가 되어 있었는데, 그중 한 제자가 재직하고 있는 대학을 찾았다. 대학 교정에 들어서니 젊음으로 가득한 학생들의 모습이 생소했다. 미대 교수 연구실의 위치를 물어 찾아가니 복도에 큰 캔버스가 늘어서 있어 이곳임을 짐작케 했다. 연구실 입구에도 그림들이 줄을 지어 서 있었다. 옛 기억처럼 아마유로 그린 그림은 없었고 아크릴화가 주를 이루고 있었다.

노교수는 온화한 시골 노인 같은 모습이었다. 내민 그림을 찬찬히 보더니만 선생님의 그림이 아니라고 잘라 말했다. 처음이 아님에도 순간 가슴이 철렁 내려앉는 것 같았다. 청담동 화랑을 찾았을 때보다 더 깊은 상실감이 느껴졌다. 노한 감정마저 일었다. 그래서 울컥 이런 말까지 내뱉고 말았다.

"교수님, 그럼 이 그림들은 모두 태워버려야겠죠?"

단호한 어조로 말했다.

"아니, 그러면 안 되오. 나라고 해서 완벽한 것은 아니니까."

방금 전의 단호하던 말투와는 달리 상당히 누그러진 어투였다. 진짜는 아니지만 그렇다고 태워버릴 일도 아니라는 얘기였다.

동학사 가는 길

덧칠되는 진실들

덧칠되는
진실들

1

문제가 된 L화백의 그림에 사용된 종이에 대한 국과수의 분석은 1950년대 이전에 만들어진 종이라는 것이었다. 하지만 그것만으로 논란에 종지부를 찍을 수는 없었다. 50년 전의 종이에 그려졌다고 해서 그림도 50년 전의 것이라고 결론을 내릴 수는 없는 것이다.

게다가 L화백의 그림이 그려진 종이는 최근에 절단된 것이라는 국과수의 의견도 제시되었다. L화백이 50년대에 그린 그림이라면 그 당시에 필요한 크기만큼 잘라서 그림을 그리거나 그림을 그린 뒤에 불필요한 여백을 잘라냈어야 상식적으로 옳다. 그런데 종이의 재단된 부분에 대한 분석 결과 최근에 절단

동학사 가는 길

된 것으로 보인다는 것이 국과수의 의견이었다.

"이건 틀림없이 가짜 그림입니다."

김복남 교수는 기세가 등등해서 그렇게 주장했다. 그러면서 검찰청을 수도 없이 들락거렸고, 그때마다 나름대로 그림이 가짜일 수밖에 없는 증거와 이유들을 들이밀었다. 하지만 모두 수용할 수 있는 것은 아니었다. 예컨대 물감에 대한 분석 요청 같은 것이 그랬다.

물감의 정확한 성분 분석을 위해서는 시료를 채취해야 하고, 그러자면 자연히 그림에 손상이 갈 수밖에 없었다. 그림의 주인이 동의할 리가 없었다. 또 1950년대 당시 L화백이 그린 진품에서도 시료를 채취해 비교 분석을 할 필요가 있는데, 역시 소장자 가운데 동의할 사람이 있을 리 만무했다.

"검사님이 더 적극적으로 나서서 강제적인 조치를 취해야 합니다. 그래야 진실을 밝힐 수 있고, 이번 기회에 위작 범죄를 일벌백계해서 다시는 이런 일이 없게 만들 수 있습니다."

김복남 교수는 열변을 토했지만 그의 요구를 다 들어줄 수가 없었다. 지푸라기라도 잡지 않을 수 없는 그의 심정은 이해가 가지만, 검사라고 무소불위의 권력을 가진 게 아니었다. 진위 논란을 빚은 L화백의 그림이 장물이라거나 범죄와 관련된 증거물이라면 모르겠지만, 민간인들이 서로 맞고소를 한 상황일 뿐이어서 검사가 마음대로 처분할 수 있는 일이 아니었다.

2

이렇게 김복남 교수와 박삼수 사장의 지리한 공방이 지속되던 어느 날, 김복남 교수가 경매 대기 중이던 P화백의 그림에 대해서도 위작설을 제기했다. 이번에도 해당 그림을 경매에 붙인 이가 박삼수 사장이어서 누가 보더라도 분풀이성 폭로로 여겨지기에 충분했다. 하지만 김복남 교수는 일절 감정적인 요소는 배제했다고 주장했다. 언론에 그런 내용의 인터뷰 기사가 실렸는데, 검찰이 기존 사건을 처리하지 못하고 흐지부지 미루는 사이에 또 다른 추가 폭로가 나와 혼란이 가중되고 있다는 게 언론들의 기본 논조였다. 어떻게든 빨리 결론을 내고 사건을 매듭지으라는 재촉이었다.

검찰 윗선에서도 같은 생각을 하는 모양이었다. 그렇지 않으면 언론이나 여론의 눈치를 보는지도 몰랐다. 월요일 아침부터 한대희 검사를 호출한 부장은 그에게 사태의 중요성을 강조하면서 P화백 건에 대해서도 병합해서 다루도록 지시했다.

하지만 한대희 검사의 생각에 P화백 건은 일종의 파생사건이라고 볼 수도 있는 사건이었다. 파생사건이란 어떤 사건을 수사하다가 그 사건과는 다른, 하지만 전혀 연관성이 없는 것은 아닌 범죄 사실을 발견하게 되는 것을 말한다. 이러한 파생사건이 본래의 사건보다 규모가 더 커서 이외의 성과를 올리게 되는 경우도 더러 있다. 그러나 원칙적으로는 파생사건에 대한 수사는 금지된다. 이는 파생사건이 본 사건을 해결하기 위한 흥정의 대상이 될 수도 있기 때문이다.

그런 생각에서 P화백 건은 추가로 다룰 계획을 전혀 세우지 않고 있었다. 이미 팔려 나간 그림에 대한 수사만 하면 족하지, 아직 경매가 이루어지지도 않은, 그래서 이익을 본 자와 손해를 본 자도 없는 사건에까지 손을 댈 필요는 없다고 생각한 것이다. 굳이 항명을 하면서까지 거부할 명분이 없었기에 묵묵히 고개를 조아리고 부장의 방에서 나왔다. 그러면서 사건이 점점 더 복잡해지지 않기만을 속으로 빌고 또 빌었다.

3

그런데 사정을 알아보니 김복남 교수가 P화백의 작품에 대해 추가로 위작설을 제기한 데에는 그럴 만한 이유도 있어 보였다. 우선 김복남 교수를 비롯한 다섯 명의 감정위원들이 처음부터 L화백의 그림과 P화백의 그림을 동시에 감정했었다고 한다. 문제는 L화백의 경우 전원이 위작이라는 쪽으로 심증을 굳힌 반면, P화백의 경우에는 김복남 교수를 비롯한 세 사람만이 위작일 수 있다는 의견을 냈다는 것이었다.

사정이 이렇게 되자 김복남 교수는 L화백의 그림에 대해 우선 위작설을 제기했다. 다섯 사람 모두가 동의한다고 믿었기 때문이다. 그러나 상황은 김복남 교수의 생각처럼 흘러가지 않았다. 다른 감정위원들을 불러서 조사한 결과 하나같이 진위를 판명하기가 곤란해 감정을 포기했다는 말을 할 뿐, 김복남 교수의 주장처럼 만장일치로 위작이라는 판단을 내렸다고 말하는 사람은 아무도 없었다.

이런 상황에서도 김복남 교수가 P화백의 그림까지 걸고넘어진 것은 아직 공식적인 경매가 이루어진 것도 아닌데 여기저기서 L화백의 그림보다 비싼 가격에 낙찰될 것이란 소문이 공공연하게 돌고 있기 때문이라고 했다. 정의감에 불타는 김복남

교수는 P화백의 위작마저 고가에 경매되는 것을 막아야 한다
는 강박에 시달리지 않을 수 없었고, 누가 보더라도 무리한 상
황에서 폭로를 추가하게 되었다는 것이었다.

"이번에도 교수님의 위작 주장을 뒷받침해줄 다른 감정위원
은 없는 것인가요?"

"그렇습니다."

"역시 모두 꼬리를 자르고 도망갔다?"

"그렇습니다."

그리하여 김복남 교수와의 면담은 다소 싱겁게 끝나고 말았다.

4

다른 전문가들의 의견도 들어보고 싶었다. 그래서 처음으로
부른 사람이 변영일 교수였다. P화백의 화법에 대한 연구로 박
사학위를 받았다는 사람이었다. 그의 말에 따르면 P화백은 우
선 나무젓가락 같은 것으로 유화를 그렸다고 했다.

"막대기로 그림을 그린다고요?"

처음에는 변 교수의 말이 믿기지 않았다. 이미 P화백의 그림

을 여러 장 검토했지만 나무젓가락 따위로 그렸을 거라고는 상상조차 해보지 못한 터였다. 자신이 그림에 얼마나 무지한지 새삼 깨달았다.

"당시 국내에서는 유화용 그림 붓을 제조하는 곳이 없었습니다."

그래서 당시 화가들은 나이프로 그림을 그리곤 했다고 했다. 그건 어디선가 들은 얘기 같았다. 나이프로도 그리는데 작대기로는 그리지 말라는 법도 없을 성싶었다.

"물감도 없어서 흰색 유화에 안료를 섞어 색을 냈으니 한계가 많았지요. 물감을 부드럽게 하는 기름도 없었구요."

"당시 국내에 린시드가 없었다는 말씀이군요?"

"아니, 검사님이 린시드도 아십니까?"

변 교수는 검사가 유화물감을 녹이는 아마유를 알고 있다는 사실에 조금 놀라는 표정이었다. 자기들이 모르는 용어를 교수와 마주 앉아 주고받자 같이 배석했던 직원들도 의아한 눈초리로 보고 있었다. 이렇게 한대희 검사가 그림에 아주 무지하지는 않다는 사실을 알았기 때문인지 변 교수는 질문에 대해 추가적인 설명도 성실하게 해주었다.

"그림들이 전체적으로 회색을 띠고 있는 것도 물감 부족과 관계된 것인가요?"

"그렇습니다. 아마 당시 구할 수 있는 유화물감은 흰색밖에 없었을 겁니다."

"흰색만으로 그림을 그릴 수는 없을 텐데, 당시 화가들은 어떻게 색을 내어 그림을 그렸을까요?"

"흰색 물감에 다른 안료를 섞어 색을 내곤 했습니다."

"아까 붓이 아니라 막대기로 그림을 그렸다고 하셨는데, 국내에서 생산되는 붓은 없어도 미군부대 같은 데를 통해서 붓을 구할 수도 있지 않았을까요?"

"P선생님의 당시 그림 가운데 붓으로 그린 그림은 없습니다."

그렇다면 이번에 문제가 된 그림의 표면을 확대해 보았을 때 붓 자국이 있을 경우 진품이 아닐 수도 있다는 추론이 가능했다.

"붓도 없고 물감도 없던 시절에 캔버스는 어떻게 구했을까요?"

"자체적으로 만들기 십상이었지요."

"하드보드나 미군 천막지 같은 걸로 말인가요?"

"저런, 검사님이 캔버스의 포(布)로 미군 천막지를 이용했다는 것까지 알고 계시다니, 조금 놀랍습니다."

놀라기는 배석한 직원들도 마찬가지인지 서로 얼굴을 쳐다보며 눈을 동그랗게 떴다.

"캔버스 바탕에 칠해진 아교의 질을 알아낼 수 있을까요?"

내친김에 한마디를 더 뱉어냈다.

"어찌 그런 것까지?"

변 교수는 거듭 놀라는 표정이었다. 아교라는 이 자연 접착제는 오랫동안 그 접착력을 상실하지 않는 특징을 지닌다. 마포 같은 질긴 천에 아교를 바르면 습기를 먹지 않아 원형을 오래 보존할 수 있다.

"이번에 논란이 된 그림의 진위 여부에 대해서 교수님은 어떻게 보십니까?"

변 교수는 한참 머뭇거리면서 즉답을 피했다. 한참 만에 나온 대답도 실망스럽기는 마찬가지였다.

"저로서는 뭐라 말할 수 없습니다. 그림의 진위를 가린다는 게 생각처럼 쉬운 일이 아니지요."

5

며칠 후, 이번에는 경매회사의 사장을 참고인으로 불러 면담했다.

"L화백 그림의 경우 감정위원 전원이 위작이라고 판단했다는데, 사실입니까?"

"그렇습니다."

경매회사 사장은 의외로 선선히 대답했다.

"위작임을 알면서도 그대로 경매를 진행했단 말입니까?"

질문에는 당연히 얼마간의 힐난이 포함되어 있었다. 그래도 경매회사 사장은 크게 개의치 않는 분위기였다.

"소장자였던 박삼수 사장은 이 바닥에서 정직하기로 정평이 나 있는 양반입니다. 그리고 감정위원들이 위작이라고 했지만 매수자는 상관없다는 입장이었습니다. 소장자가 박삼수 사장이라는 것을 알고 매수 의사를 바꾸지 않겠다고 명시적으로 저에게 얘기했지요. 또……."

"또, 뭡니까?"

"또, 김복남 교수를 제외한 나머지 네 명의 감정위원들은 나중에 위작이라고 판정하는 대신 판정 불가라는 입장을 취했습니다."

"그렇다고 진품이라고 감정한 것도 아닐 텐데요?"

"그림은 감정으로만 판단할 수 있는 게 아닙니다."

"그러면 어떻게 진품과 위작을 구분하죠?"

"그런 구분이 절대적인 것은 아닙니다. 그보다 중요한 건 매수자의 소신입니다."

그때 예전 황학동 시장에서 김박 노인이 했던 말이 떠올랐다.

'여기서는 물건만 보고 각자의 책임 아래 거래가 이루어진다우. 아니면 말고… 뭐, 그런 거지유.'

김박 노인의 그 말과 지금 경매회사 사장의 말이 다른 뜻이 아닐 터인데, 어느 쪽 말도 전혀 도움이 되지 않는다는 게 문제였다. 하는 수 없이 말머리를 돌렸다.

"P화백의 그림은 아직 경매 대기 중이죠?"

"아닙니다."

김복남 교수가 추가로 위작설을 제기했으니 당연히 경매가 중단되었을 것으로 생각하고 있었던 것이다.

"아니라고요?"

"팔렸습니다."

"팔렸다고요?"

믿기 어려운 얘기였다.

"일본 매수자 측에서 수의매수를 하겠다고 하고, 박삼수 사장도 동의해서……."

진위와 관계없이 매수자가 매수를 하겠다고 한 것이라면 법적 하자는 없다. 경매회사 사장의 말에 따르면 P화백의 그림은 일본에 있는 알려지지 않은 매수자의 손에 이미 넘어갔다고 했다. 국내에서 위작이라고 싸움질을 하고 있는 마당에 그림이 일본으로 팔려 나간 것이다.

"매수자가 사전에 그림을 보고 갔나요?"

"그렇습니다. 그런데 무슨 연유인지 P화백의 그림을 암실에서 보자고 했습니다. 제가 입회를 했는데, 캄캄한 암실에서 돋보기로 그림을 보더니 곧바로 사겠다고 대답했습니다."

"밝은 데서 그림을 감정해도 모자랄 판인데 왜 암실에서 보았을까요?"

"저희도 그 점을 의아하게 여기고 있습니다."

"얼마에 팔렸는지 말씀해줄 수 있습니까?"

"45억입니다."

"45억?"

L화백의 그림보다 훨씬 비싼 가격이었다. 둘 다 가짜인지 하나만 가짜인지는 알 수 없지만, 상식적으로 납득하기 어려운 가격인 건 마찬가지였다. 대체 이 판에서 지금 무슨 일이 벌어지고 있는 것일까. 면담이 추가될수록 한대희 검사의 머리는 더욱 복잡해져 가고만 있었다.

6

수사관들은 사건의 단서를 포착하기 위해 모작을 그려서 유통시키는 루트를 더듬고 있었다. 그렇게 위작을 그리고 사고파는 데 관련된 계보를 파악하는 과정에서 P화백의 그림을 가짜로 그린 혐의를 받은 한 청년 화가를 연행해왔는데, 그가 그리다 만 그림들도 함께 증거물로 따라왔다. 진품과 어디가 다른지, 알아차리기 어려울 정도로 정교하게 그려진 그림들이었다.

그런데 특이하게도 위작을 그리다 잡혀온 이 청년은 30센티미터 안에 있는 물체만을 겨우 식별할 수 있는 시각장애인이었다. 굳이 구분하자면 의학상의 맹인이었다. 심한 시각장애를 가지고도 그림을 그릴 수 있다는 게 놀랍기만 했다. 그러면서 잠깐 김중휘 생각을 했지만 그리 오래가지는 않았다. 너무 오래전 추억이 되어버린 것이다.

"위작을 그려서 유통시키면 처벌을 받는다는 걸 알고 있었습니까?"

그렇게 물으면서도 그 자를 구속시킬 생각까지는 하지 않았다. 예전에 김박 노인의 안내로 잠깐 마주쳤던 집시 화가들과 별다를 바 없을 거라고 생각되었기 때문이다.

"좋은 일이 아니라는 건 알았지만 어쩔 수 없어서 그렸습니다."

"왜 어쩔 수 없었다는 거죠? 누가 억지로 시켰나요?"

"그게 아니라, 그림을 그리지 않으면 연명할 방법이 없었습니다."

짐작대로 밥벌이를 위해 그림을 그리는 자였다. 법에 대한 관념이 투철할 리도 없고, 처벌이 두려워서 밥벌이를 포기할 수도 없는 자였다. 그에게 문제가 된 P화백의 그림을 보여주었다.

"이런 그림도 그린 적이 있나요?"

그림을 찍은 사진에 한참이나 눈을 대고 있던 맹인 화가가 어렵게 입을 열었다.

"처음 보는 그림입니다. P화백의 도록에 이런 그림은 없었습니다."

문제가 된 그림이 그의 작품은 아니라는 얘기였다. 몇 가지 정해진 질문들을 추가로 던졌다.

"지금까지 얼마나 오래 이런 일을 했죠?"

"5년쯤 됩니다."

"그동안 그림을 몇 장이나 그렸죠?"

"일주일에 한 장 정도 그립니다."

200장 넘는 그림을 그렸다는 얘기였다.

"그림은 한 장에 얼마를 받고 넘깁니까?"

"그림마다 다릅니다. 어떤 건 10만 원도 받고 어떤 건 20만 원도 받습니다."

맹인 화가의 대답에 헛웃음이 나왔다. 그림 한 장에 45억 원이나 나간다는데, 그 화가의 그림과 똑같은 그림을 그려서 고작 10만 원이나 20만 원을 받는다는 것이었다.

"돈이 꽤 모였겠군요?"

넌지시 떠보는 질문을 던졌다.

"캔버스 값, 물감 값, 붓 값 제하고 나면 연명할 정도의 쌀과 라면과 김치를 살 수 있었습니다. 통장도 없고 모아놓은 현금도 전혀 없습니다."

역시나 그림이 아니면 호구를 해결할 수 없어서 어쩔 수 없이 그림을 그리는 자였다.

"P화백의 그림은 지금까지 몇 장이나 그렸습니까?"

"20장 도 되는 거 같습니다."

"P화백의 그림은 좀 특이한데, 어떤 붓으로 그렸죠?"

질문을 받은 맹인 화가 청년은 잠시 생각에 잠기는 눈치였다. 왜 그런 것까지 묻는지 알기 어렵다는 표정이었다.

"P화백의 그림은 붓이 아니라 나무젓가락으로 그렸습니다. 붓으로는 그런 그림을 그릴 수 없습니다."

청년이 거짓말을 하지는 않는다고 확신했다. 그렇다면 그의 처벌 수위를 결정할 결정적인 질문도 더 미룰 이유가 없었다.

"그림을 그릴 때 해당 화가의 사인도 함께 그렸죠?"

이 대목에서 청년은 고개를 쳐들더니 목소리를 한 옥타브나 올려서 재빨리 대답했다.

"아닙니다. 저는 화가의 사인은 그리지 않습니다."

"한 번도 그린 적이 없나요?"

"네, 없습니다."

청년은 결정적인 질문을 잘 피해갔다. 그림을 그리는 것은 자유다. 다행히 그는 모작을 그리고 해당 그림에 화가의 사인은 하지 않았다고 했다. 실제로 함께 따라온 그림들에도 화가의 사인은 되어 있지 않았다. 그가 그린 그림들은 사인이 누락된 모작으로 황학동 등에서 헐값에 거래되었을 것이다. 하지만 워낙 정밀한 그림들이니 누군가 추가로 사인을 그려 넣어 정식 시장에 유통을 시켰을 수도 있기는 하다. 그렇더라도 그건 이 청년의 잘못만은 아니다. 직원을 시켜 맹인 화가를 돌려보내도록 지시했다. 청년은 몇 번이나 고개를 숙여 보이더니 방을 나갔다.

화상의 그림자

화상의
그림자

1

석 달이 지나도 사건의 진행은 지지부진했다. 먼저 문제가 되었던 L화백의 그림도 진짜인지 가짜인지 쉽게 판명이 되지 않았고, 나중에 불거진 P화백의 그림은 조사다운 조사조차 해보지 못한 형편이었다.

사건을 그림 중심으로 풀어보려던 지금까지의 방향을 돌려 사람을 중심으로 짚어보기로 했다. 말하자면 2단계 전략이었다. 그림 자체에 매몰되어서는 더 이상 진전이 없을 것이라 여겨졌다. 사건은 사람이 저지르는 것이지 종속적 물건이 사건을 주도하는 것은 아니다. 이제까지 너무 그림을 중심으로 사건을 다루었고, 그래서 사건의 실마리가 풀리지 않고 있다는 것이

동학사 가는 길

중간 점검의 결과였다.

그리하여 가장 먼저 관심의 초점이 된 인물은 화상 박삼수였다. 만약 그림이 가짜여서 실제로 상행위를 문란시킨 것이라면 가장 크게 이득을 본 사람, 또 가장 큰 처벌을 받게 될 인물이 그였다.

2

그림을 소장하다 시장에 내놓은 화상 박삼수는 당대의 유명화상인 조사장의 대자, 즉 수양아들이다. 조사장은 화랑업계의 일인자였는데 1983년에 실종되었다. 그리고 아직 조사장 실종사건은 미결로 남아 있다. 조사장은 이름이 사장이다.

시골에서 초등학교를 마치고 상경한 박삼수는 미군부대에 들어가 잔심부름을 하다 당시 미군부대 군무원이던 조사장의 눈에 들었다. 조사장이 군무원을 그만두고 화랑을 차리면서 박삼수도 데리고 나왔다.

조사장은 그림 장사로 부를 쌓았다. 화가들이 작품을 다른 화상에게 팔지 못하도록 선금을 주곤 했던 전략이 주효했다. 선금을 받은 화가들의 그림은 조사장을 통해서만 거래되었다. 화가들이 조사장 몰래 다른 화상에게 그림을 판 것이 알려지면 그 화가의 그림은 팔아주지 않았다. 평소에는 대자인 박삼수에게 화가들에게 가서 그림을 가져오는 일이며, 돈을 가져다주는 일들을 시켰다.

그러던 어느 날, 조사장이 그림을 산다며 예금된 돈을 현금으로 몽땅 인출해 승용차에 가득 싣고 혼자 나갔는데, 돈과 함께 사라져 버렸다. 벌써 오래된 사건이다. 하지만 당시에는 신문 1면에 기사가 날 정도로 큰 사건이었다. 그렇게 큰 사건이 된 것은 조사장과 함께 없어진 돈의 액수가 엄청났기 때문이다. 당시 주변 인물들이 상당히 강도 높은 경찰의 조사를 받았지만 누구에게서도 혐의를 찾을 수 없었다.

남겨둔 돈이 있었으면 박삼수가 의심을 받았을 텐데, 사무실에 있던 미미한 액수의 현금이 전부여서 그러지 않았다. 평소에는 은행 심부름을 박삼수에게 시켰는데, 그날은 조사장이 직접 돈을 찾아갔다고 했다. 돈이란 참으로 묘한 것이어서 사람들은 사라진 조사장보다 사라진 돈에 더 많은 관심을 가졌다. 신문의 기사도 돈의 행방을 더 궁금하게 여기고, 수사 당국에서도 사람을 찾는 것보다 돈을 찾는 데 더 집중했다.

3

조사장이 사라지기 전의 일이다. 그림 장사로 큰돈을 벌었다는 소문이 퍼지자 여기저기서 화랑에 찾아오는 사람들이 많았다. 관리에서부터 깡패들까지 인사를 한답시고 들락거렸지만모두 돈을 뜯어내기 위한 수작이었다. 와서 사정을 하는 타입도 있고, 으스대거나 공갈을 치는 타입도 있었다. 사업을 하는시간보다 손님을 맞이하는 시간이 더 많았다. 괴롭힘을 당한다는 것은 외로움을 더욱 증폭시키는 일이었다.

4

조사장은 이북 출신이다. 해방 이후 시간이 지날수록 삼팔선의 분위기는 점점 경직되어 가고 있었다. 그런 시기에 일자리를 찾으러 경성에 간다고 하니 여인이 울었다. 여인은 무슨연맹인가에 들어가 간부로 활동하고 있었다. 결국 그 여인을두고 남쪽으로 온 후에 북으로 가지 못하고 말았다. 곧 돌아오겠다며 떠나오던 날, 여인은 아이를 가졌을지 모른다고 했었다.

"이별은 기적을 울리지 않는답니다."

여인은 소리 없는 눈물을 흘리며 말했었다.

"아니오. 경성에서 일자리를 알아보고 짐을 가지러 올 테니 그때 같이 경성에 가서 삽시다."

"당신이 돌아오지 않아도 아이는 꼭 낳을 거예요."

그 말을 잊을 수가 없었다. 여인이 아이를 낳아 기르고 있을 것이라고 굳게 믿고, 희망을 버리지 않고 살아왔다. 아이가 아들인지 딸인지 모르지만, 너무나 보고 싶었다.

5

그림 장사가 자리가 잡혀갈 무렵, 조사장은 P화백의 그림 거래를 핑계로 미국에 드나들 수 있었다. 해외여행이 자유롭지 않던 시절 얘기다. 그러다 미국의 어느 교포를 통해 북에 있는 가족을 만나보았다는 사람이 독일에 있다는 소문을 듣게 되었고, 소문을 좇아 독일까지 가게 되었다. 독일에 가면 이북 사람들을 쉽게 만날 수 있다고 들었는데, 막상 가보니 만날 수 있는 사람은 이북 사람이 아니라 이북 사람과 접촉할 수도 있다는 브로커들뿐이었다.

미국에서 그림값으로 받은 돈을 독일에 있는 한 브로커에게 건네주었다. 아무런 약속도 받을 수 없는 불리한 거래였지만 다른 방도가 없었다. 실제로 그렇게 많은 돈을 들였지만 시간이 지나도 신통한 소식은 접할 수 없었다. 그래도 그 길밖에 없었다. 그러던 중 파리에서 열리는 세계적인 전시회에 북한 신예 작가의 작품도 출품되는데 그 전시회에 꼭 가보라는 브로커의 연락이 왔다. 우선 전시회와 관련된 모든 자료를 뒤졌다.

6

전시회 안내 자료에 실린 북한 신예 화가의 이름은 '김철민'이었다. 화보에 실린 젊은 화가의 사진을 보다 깜짝 놀랐다. 젊을 때의 자기 모습과 너무나 흡사했다. 보고 또 보아도 흡사했다. 자신의 젊은 시절 사진을 훔쳐다가 붙여놓은 것만 같았다.

그러다 프로필에 적힌 생년월일을 보고 의구심이 들었다. 남한으로 떠나오던 날, 여인이 말한 출산 예정일과 작가의 생년월일 사이에 시차가 좀 있었다. 그러자 다시 온갖 생각이 들었다. 게다가 무엇보다, 그 화가가 자신의 아이라면 '조철민'이어야 했다.

7

파리로 날아갔다. 개막식에는 작가들이 참석하기 마련이어서 잘하면 '김철민'을 만나볼 수도 있으리라 기대했다. 실제로 북한에서 왔다는 젊은 작가는 개막식에 참석했고, 잘생긴 이 신예 작가는 북조선 출신이라는 이유만으로도 서방 언론의 스포트라이트를 받았다. 그는 기자들의 질문에 유창한 프랑스어로 답했다. '김철민'의 부모도 전시회에 참석했는데, 화가의 아버지를 북한 대사관에서 나온 듯한 경호원들이 에워싸고 있었다. 상당한 고위직이라는 얘기였다.

개막식 행사가 시작될 무렵, 조사장은 화가와 그의 아버지 사이에 서 있는 화가의 어머니를 보는 순간 자신의 눈이 머는 것만 같았다. 믿기지 않았지만 분명 두고 온 여인이었다. 여인은 하나도 변하지 않았다. 한눈에 알아볼 수 있었다. 그리운 얼굴이었다. 연민과 분노가 교차했다. 그러나 감격스러웠다. 세월이 젊은 작가의 나이만큼 흘렀는데도 여인의 모습은 변하지 않았다. 긴 것 같지만 그리 긴 세월도 아니었다. 생각하기에 따라 찰나일 수도 있었다. 조사장은 그곳에 오래 있을 수가 없었다. 혹 누를 끼치는 일이 일어나서는 안 되었다.

자신이 남쪽으로 온 후, 삼팔선이 막혀버리자 여인은 아이와 함께 살아남기 위해 곧바로 유능한 당 간부에게 접근했으리라 여겨졌다. 그녀도 공산당의 간부였으니 길이 없지는 않았을 터였다. 혹은 홀로 남은 미혼모 여인에게 남자가 먼저 접근했는지도 모를 일이었다. 여인에게는 분명 그럴 만한 미모와 매력이 있었다. 무엇을 의심할 바가 아니었다. 너무나 닮은 얼굴, 브로커의 전화, 화가의 어머니 등 모든 증거들이 그의 아들이라고 말하고 있었다. 생년월일이 자신의 계산과는 다소 차이가 나지만 이미 그다지 큰 문제로 여겨지지 않았다. 아들은 아버지가 가까이 있다는 것을 몰랐지만 아비는 아들을 보았다. 정말로 기적은 있었다.

8

　김철민의 그림은 반추상이었다. 붉은색을 배색으로 진노랑의 선이 가로질러 가며 초록을 품고, 파랑을 가둬, 색과 빛의 수수께끼를 품고 있었다. '북조선의 젊은 작가, 색의 세계에서 빛을 가두다'라는 평론가들의 찬사가 쏟아졌다. 그러나 언론의 찬사와는 달리 서양의 수집가들은 매수를 망설이고 있었다. 조사장은 프랑스에 있는 화상을 대리인으로 내세워 거금을 주고 그림을 구입해 프랑스의 화랑에 보관했다. 외신은 이렇게 보도했다.
　'북한의 신예 작가, 파리에서 초고가로 작품 판매.'

9

　서울로 돌아와 한동안 넋을 잃고 지냈다. 마치 구름 속에 떠 있는 것 같았다. 살아 있는 것 같기도 하고 죽어 저승에 있는 것 같기도 했다. 그러던 어느 날, 느닷없이 찾아온 안기부 요원이 그를 꿈에서 깨웠다. 그와 함께 오랫동안 사무실에서 이야기를 나누었다. 그 요원은 독일과 프랑스에서 있었던 조사장의 행적을 이미 알고 있었다. 북한 인사들과 만나는 브로커와 독일에서 접촉하여 돈을 건네준 일, 프랑스에서 거금을 들여 북한 화가의 그림을 구입한 일들도 소상히 알고 있었다.

"이건 이적행위입니다. 한마디로 반공법 위반이고 당신이 간첩이라는 얘기입니다. 물론 간첩질을 한 건 아니지만 그래도 간첩은 간첩입니다."

요원은 그렇게 말했었다. 그러면서도 현장에서 조사장을 체포하지는 않았다.

10

안기부 요원의 속내는 금방 드러났다. 조사장에게 돈이 많다는 걸 파악한 그는 체포하는 대신 흥정을 통해 돈을 뜯어내기로 했던 것이다. 조사장을 체포하고 고문해서 간첩 행위를 실토하게 한다고 하더라도 그에게 돌아올 실익은 그다지 크지 않을 터여서 그런 생각을 한 모양이었다. 말하자면 국가의 안보와는 큰 관련이 없는 사안이니 눈을 감아주는 대신 자기 개인의 영달이나 꾀하자는 속셈이었다.

"반만 주시오."

요원은 조사장의 통장에 찍혀 있는 금액의 절반을 요구했다. 그것만으로도 일반인은 상상할 수 없는 어마어마한 금액이었다.

"우리 회사에 한 번 들어가면 멀쩡하게 나오는 경우가 없다는 건 잘 아실 겁니다. 게다가 이번 건은 간첩 혐의입니다. 멀쩡하게 나오기는커녕 살아서 나오면 다행이겠죠."

요원은 안기부를 '회사'라고 했다. 그러면서 자기도 그만 은퇴를 하고 싶노라고 말했다. 그런데 퇴직금이 너무 적다는 것이었다. 진퇴양난이 따로 없고 사면초가가 따로 없었다. 당연히 고민은 길어지고 결론은 쉽게 내려지지 않았다. 그 사이 안기부 요원은 하루가 멀다 하고 화랑에 드나들었고, 어느 날인가는 전시실의 메인 위치에 걸린 P화백의 대표작 하나까지 자기에게 주면 좋겠다는 말을 꺼냈다. 은근슬쩍이 아니라 노골적이었다.

"사흘 더 드리지요."

처음 만난 때로부터 일주일 정도가 지났을 때 안기부 요원은 최후통첩을 해왔다. 더는 기다릴 수 없다는 것이었다.

11

  가장 큰 문제는 안기부 요원이 돈은 돈대로 받아 챙기고, 그 뒤에 조사장을 또 체포할지도 모른다는 것이었다. 저지르지 못할 짓이 없는 자들이었다. 생각이 여기에 미치자 조사장은 급히 재산을 정리하기 시작했다. 화랑은 아들 같은 후계자가 있으니 다행이었다. 그게 바로 박삼수였다. 화랑과 성북동 집의 명의를 박삼수 이름으로 바꾸었다.

  명의를 이전하기 위해서는 박삼수의 인감도장이 필요했는데, 조사장이 인감도장 얘기를 꺼내자 박삼수는 무슨 일인지 묻지도 않고 즉석에서 건네주었다. 실제로 아들 같이 대해왔고, 박삼수도 조사장을 아버지처럼 믿고 의지했다. 좀 더 오래 화랑 일을 돌봐주고, 좀 더 많은 재산을 물려주고 싶지만 지금은 그럴 형편이 아니었다. 다행히 박삼수도 그림 사업에 재능이 있었고, 자신이 물려준 화랑을 말아먹을 리는 없다는 게 그나마 다행이었다. 사실 관계를 자세히 말해줘야 하는 게 아닌가 싶은 생각도 들었지만, 무언가를 알면 알수록 나중에 더 시달리게 되리라는 생각에 미련을 접었다. 아마도 잘 감당할 수 있으리라 여겨졌던 것이다.

  그렇게 조사장은 다급하게 주변을 정리했다. 평소 알고 지내던 명동의 환전상에게 미리 거액을 준비시키고, 은행에 있는 돈을 모두 현금으로 찾아 달러로 바꾸었다. 그리고는 곧바로 야반도주를 감행했다. 공항이나 항구의 검색을 통과할 수 없으리라 여겨져 고깃배 하나를 배보다 비싼 값에 예약했고, 서해안 최남단의 외딴 섬에서 한밤중에 공해로 빠져나갔다.

12

 사흘 후, 약속된 돈을 받기 위해 조사장을 찾아온 안기부 요원은 지붕 쳐다보는 개 꼴이 되었다. 전날 박삼수의 신고로 조사장의 실종이 이미 사건화되어 있었고, 화랑에는 경찰의 폴리스라인까지 쳐져 있었다. 돈은 날아갔지만 그림은 여전히 화랑에 걸려 있을 듯싶었다. 하지만 그걸 얻으려 했다가는 조사장을 살인한 혐의나 납치한 혐의를 뒤집어쓰게 될지도 몰랐다.
 다음 날 아침에는 조사장의 실종 소식이 신문마다 대서특필되었다. '유명 화상, 거금 인출 뒤 행방 묘연', '거액 자산가 실종, 경찰 다각도로 수사 중', '사라진 금액만 백억대 추정' 따위의 제목을 단 선정적인 기사들이 대문짝만하게 실렸고, 저녁

뉴스에도 방송되었다.

  사흘 후, 조사장의 자동차가 전남 신안군의 어느 시골길에서 발견되었다. 돈과 사람은 어디 갔는지 알 수 없었다. 그렇게 조사장은 흔적도 없이 사라졌다. 매스컴에서 한참 떠들어댔다. 경찰에서 한 달 가까이 수사를 했지만 아무런 단서도 찾아낼 수 없었다. 조사장이 사라진 사연을 아무도 몰랐다. 사람들은 조사장을 납치한 자들이 돈을 빼앗은 후 살해했을 것이라고 단정했다.

  박삼수는 장례를 치를 수도 없고 무작정 기다릴 수도 없는 어정쩡한 나날을 보내다가 화랑이 자기 이름으로 명의가 변경된 것을 뒤늦게 알았다. 사라지기 며칠 전 인감도장을 달라던 일이 떠올랐고, 모든 일이 조사장의 자발적인 행동이었음을 짐작할 수 있었다. 그렇다면 뒤처리를 깔끔하게 해주는 것이 자신의 역할일 것 같았다. 박삼수는 날을 잡아 장례를 치렀고, 절에 위패도 만들어 봉안했다. 사람들의 기억 속에서 조사장은 점점 지워져 갔다.

13

그림판에서 박삼수는 조사장의 후계자로 통했고, 실제로 그런 대접을 받았다. 화랑을 물려받은 박삼수는 조사장 못지않게 화랑을 잘 경영했다. 그림은 팔려야 여행을 마치게 되므로 그림은 팔려야 영향력을 미치게 되므로? 그가 화단에 미치는 영향력도 점점 커졌다. 위작을 거래한 사실도 없을뿐더러 그럴 필요도 없었다. 그래서 아무도 그가 위작을 거래할 거라고는 생각하지 않았고, 실제로 그런 소문이 돈 적조차 없었다. 그런데 난데없이 이번에 김복남 교수가 위작설을, 그것도 L화백과 P화백이라는 엄청난 대가들의 작품이 위작이라고 폭로한 것이다.

한대희는 박삼수와 그의 대부인 조사장에 관한 자료들을 꼼꼼히 검토했지만 박삼수가 위작을 거래해야 할 이유를 찾아내기 어려웠다. 더 이상한 것은 김복남 교수의 폭로로 위작설이 제기되었음에도 불구하고 두 화백의 작품들이 모두 거액에 거래되었고, 그림을 구매한 자들이 아무런 이의를 제기하지 않는다는 점이었다. 위작 여부를 충분히 검토하고 감정할 수 있는 자들일 터인데, 아무런 이의 제기가 없다는 것은 그들이 그 그림들을 진품으로 여기고 있다는 말이나 같았다.

공모자들

공모자들

1

  범죄 사실을 증명하려면 증거가 있어야 한다. 이것을 형사소송법에서는 증거 재판주의라고 규정하고 있는데, 구체적으로 '사실의 인정은 증거에 의한다'거나 '범죄 사실의 인정은 합리적인 의심이 없는 정도의 증명에 이르러야 한다'고 명시하고 있다. 형사소송법은 나아가 '증거의 증명력은 법관의 자유 판단에 의한다'라는 자유 심증주의를 택하고 있다.

  이러한 증거에 대해서는 법이 여러 가지 엄격한 잣대를 두고 있는데 예외의 조항도 있다. '검사와 피고인이 증거로 할 수 있음을 동의한 서류 또는 물건은 진정한 것으로 인정한 때에는 증거로 할 수 있다'며 당사자의 동의가 있으면 증거능력을 가질 수 있다는 것이다. 이는 무죄를 위한 것이 아니고 유죄를 위한 것이다.

2

"언제까지 질질 끌 거야? 결론을 내, 결론을."

언론의 관심은 많이 사그라들었는데 이번에는 부장이 난리였다. 서두르는 이유를 알기 어려웠지만 부장의 명령이니 따를 수밖에 없다. 그런데 그 무렵 한대희 검사의 수사팀에 제보 전화 한 통이 걸려 왔다. 자신을 전직 공무원이라고 소개한 제보자는 어느 날 홀연히 사라진 조사장의 비밀창고에 대한 얘기를 꺼냈다.

"제가 말씀드리는 창고는 화랑 지하에 있는 공식 수장고가 아니라 성북동 조사장의 자택 지하에 있는 비밀창고입니다. 거길 수색해보면 지금 문제되고 있는 그림들과 유사한 그림들이 수십 점 나올 겁니다."

똑같은 사진은 있을 수 있어도 똑같은 그림은 있을 수가 없다. 같은 그림이 수십 점 있다는 얘기는 곧 위작이 존재한다는 얘기였다. 조사장 자택의 창고는 곧 지금 박삼수 사장의 자택 창고다.

　제보를 믿고 압수수색을 해보니 박삼수 사장의 집 지하실에서는 P화백의 그림뿐 아니라 L화백의 그림도 다량으로 나왔다. 압수수색을 지휘하던 한대희 검사는 깜짝 놀랐다. 창고는 불이 나거나 폭탄이 떨어져도 보관된 그림이 훼손될 염려가 없도록 개조된, 견고한 대형 금고나 다름없었다.

　그 금고 같은 창고에서 소만 그려진 그림 여러 장, 아이들과 물고기가 그려진 그림 여러 장도 발견되었다. 얼핏 보면 그 그림이 그 그림 같았다. 미군용 박스를 잘라 그린 그림과 천막지에 그린 그림뿐만 아니라 은박지와 종이에 그린 그림도 있었다. 캔버스에 그린 그림도 있긴 했는데 크기가 작았다.

　제보자가 똑같은 그림 수십 점을 봤다고 말한 것은 이를 두고 한 말이라고 짐작되었다. 하지만 자세히 보면 그림들이 모두 똑같은 것은 아니었다. 얼핏 보면 똑같은 소를 그린 그림들이지만 자세히 보면 소의 자세며 필획이 모두 달랐다. 아이와 물고기를 그린 그림들도 그랬다. 하지만 압수수색 현장의 직원들이 그런 세세한 부분을 구분하기는 어려웠다.

　"우아! 이건 죄다 한꺼번에 그린 가짜들이구만."

압수수색 중 그림을 챙기던 수사관 하나가 놀라서 외친 말이다.

3

"구속영장 쳐!"

부장은 압수수색에 대한 보고를 받자마자 그 자리에서 지시했다.

"똑같은 그림을 이렇게 여러 장씩 그리는 화가가 대체 어디 있어?"

증거물, 아니 압수한 그림들이 화상 박삼수가 가짜 그림들을 제조했을 가능성을 충분히 보여주는 것이라고 부장은 믿고 있는 눈치였다. 그 그림들은 이미 검찰청 증거물 보관실로 옮겨져 있었다. 소식을 들은 기자들이 검찰청으로 모여들었고, 한대희 검사는 하는 수 없이 약식으로라도 수사 과정을 발표해야 했다.

"화상 박삼수의 지하 비밀창고에 은닉되어 있던 수십 건의 그림들을 압수수색한 결과, L화백과 P화백 등 이미 작고하신 유명 화백의 그림 수십 점이 발견되었습니다. 이 중에는 화가의 사인이 되어 있는 그림과 사인이 없는 그림들이 혼재되어 있으며, 그림의 형태나 크기가 매우 흡사한 그림들도 여러 장 발견되었습니다. 이로써 화상 박삼수가 거액의 금품을 노리고 작고한 유명 화가들의 작품을 모사하거나 그 화풍을 모방하여 존재하지도 않는 작품들을 임의로 제작한 것으로 판단되어, 이에 검찰은 화상 박삼수를 조속한 시일 내에 구속 기소할 예정입니다. 추후 검찰은 국과수 등의 협조를 통하여 보다 정밀한 분석과 감정을 시행하고, 재판 과정에서 해당 증거물들이 명확하게 범죄를 입증하는 자료가 될 수 있도록 최선을 다할 것입니다."

4

'L화백과 P화백의 가짜 그림 제조 유통한 화상 박삼수 구속!'
'지하 비밀창고에 수백억 원어치 가짜 그림 보관하다 덜미!'
'미술계 비밀주의 벗어나는 계기 돼야!'

'진품이라면 검찰청 청사 팔아도 감당 못할 거액!'

언론에 박삼수의 구속을 전하는 기사들이 다시 대서특필되었다.

한대희 검사는 구치소에 갇힌 박삼수 사장을 불러 정식 피의자로 첫 심문을 진행했다.

"압수된 그림들이 모조품이거나 위작이라는 걸 인정하십니까?"

"인정할 수 없습니다."

백발이 성성한 초로의 나이지만 박삼수는 완강하고 단호했다.

"좋습니다. 저희도 국과수에 감정을 의뢰할 예정이니 그 얘기는 나중에 더 하지요."

"……."

"수십 점도 넘는 L화백과 P화백의 그림들은 언제 입수한 것입니까?"

"제가 돌아가신 아버지 일을 돕기 시작할 때부터 거기 있던 것입니다."

"돌아가신 아버지란 조사장을 말하는 건가요?"

"그렇습니다."

"그럼 30년도 더 되는 시간 동안 거기 보관되어 있었다는 말인가요?"

"그렇습니다."

"왜 팔지 않았죠?"

"사인이 되어 있지 않은 그림들은 일종의 습작 그림입니다. 유명한 화가들의 경우 습작품 자체도 높은 평가를 받긴 하지만, 두 분의 습작품은 아직 세상에 보일 때가 아니라고 판단했습니다."

"그럼 무기한 보관만 할 생각이었다는 겁니까?"

"언제 세상에 선을 보일지는 저도 모릅니다. 때가 되면 알게 되겠지요."

"그럼 사인이 된 그림, 피의자 말대로 하자면 완성작인 그림들은 왜 팔지 않았습니까? 아마 엄청난 돈을 받을 수도 있었을 텐데."

"그 작품들 역시 가급적 판매하지 않고 보관할 생각이었습니다. 하지만 갤러리를 운영하는 화상 입장에서 무조건 수장만 하고 있을 수도 없는 노릇이어서 일부는 이미 세상에 선을 보이기도 했습니다."

"이번에 문제가 된, 그러니까 김복남 교수가 위작설을 주장한 작품 같은 걸 말하는 건가요?"

"그렇습니다."

"가급적 판매하지 않으려 했다는 얘기는 무슨 뜻입니까?"

"그 그림들은 사실 제 것이 아닙니다. 아버지가 물려주신 것
이긴 하지만……."

"돌아가신 조사장이 살아 돌아올 날을 기다리기라도 했다는
얘깁니까?"

한대희 검사는 박삼수의 증언이 점점 방향을 잃어가는 것이
라고, 드디어 본색을 드러내게 되는 것이라고 생각하고 더 다
그쳐 물었다.

"그림들이 오래전부터 보관되어 있었다며 위조의 책임을 돌
아가신 아버지에게 돌리고 있는 거 아닙니까?"

"그건 아닙니다."

"이제 뭐가 사실인지 솔직히 고백을 좀 해보시죠."

"고백할 것이 없습니다."

"김복남 교수의 감정에 따르면 이번에 문제가 된 L화백 그
림의 경우 물감이 1950년대의 것이 아니라 1960년대 이후에
야 나온 것이라고 하던데, 그래도 거짓말을 하지 않았다는
겁니까?"

"그 물감이 1960년대 이후에 생산된 것이라는 김복남 교수
의 감정 자체가 그 작자의 육안에 의한 감식일 뿐입니다, 검
사님."

"여전히 김복남 교수가 거짓말을 하고 있다는 겁니까?"

"거짓말이라기보다는 잘못 알고 주장한 것이라고 생각합니다."

"흐음."

끝이 날 것 같지 않은 대화에 긴 한숨이 나왔다.

5

압수한 그림들에 대한 미술협회의 감정 결과는 다시 한 달이 지나서야 나왔다. 개별 그림들마다 긴 설명이 첨부되어 있었는데, 한 마디로 정리하면 L화백이나 P화백의 작품으로 인정하기 어렵다는 것이었다. 한대희 검사는 김복남 교수를 다시 불러 증거물 보관실로 데리고 갔다.

"엄청나군요."

증거물 보관실에 쌓인 그림들을 보고 김복남 교수가 내뱉은 첫마디가 그랬다. 보기에도 엄청난 양의 그림들이었다. 그게 모두 진품이라면 정말로 검찰청 청사를 팔아도 구매할 수 없을 터였다.

"시간은 충분히 드리겠습니다. 그림들을 살펴보시고, 저에게 그 결과를 좀 알려주시지요."

　김영미 수사관을 김 교수의 전담자로 붙여주었다. 김 교수가
검찰청에 나올 때마다 그를 데리고 증거물 보관실에 가서 살
필 수 있도록 돕기 위함이었다. 당연히 김 교수에게는 감정 결
과를 알려주지 않았다.

6

"한마디로 정리해서 말씀드리지요."

　일주일 넘게 청사를 드나든 끝에 마침내 김복남 교수가 찾아
와 건넨 첫마디였다.

"L화백과 P화백의 사인이 되어 있는 그림 몇 장은 진품이 맞
을 것 같습니다."

　내심 깜짝 놀랐다. 협회의 감정이 잘못되기라도 했단 말일까?
아니면 역시 김복남 교수의 안목이 엉터리인 것일까?

"하지만 사인이 없는 대다수의 그림들에 대해서는 진품이다
혹은 위작이다 섣불리 판단을 내릴 수가 없습니다."

　역시 예상 외의 답변이었다.

"판단을 내릴 수가 없다고요?"

"우선 그 그림들에 대해 아무도 L화백의 작품이라거나 P화백의 작품이라고 주장한 적이 없습니다."

그러고 보니 옳은 말이긴 했다. 그림의 주인이라고 할 수 있는 박삼수 사장조차 그 그림들이 L화백이나 P화백의 작품이라고 명시적으로 얘기한 적은 없었다.

"L화백이나 P화백의 기존 그림들과 구도가 흡사하고, 작법이 너무나 유사해서 의심한 것일 뿐, 그 그림들은 한 번도 세상에 공개된 적이 없고, 또 작가가 누구라는 이름표를 달고 거래된 적도 없습니다. 그러니 진품인지 위작인지를 따진다는 것 자체가 어불성설일 수 있습니다."

"하지만 박 사장의 창고에 그 그림들이 있었다는 건 조만간 상품으로 세상에 나올 예정이었다는 뜻이고, 그럴 경우 P화백이나 L화백의 이름을 달고 나올 건 너무나 뻔한 이치 아닙니까?"

김복남 교수가 지나치게 세세한 부분에 신경을 쓰느라 큰 숲을 보지 못하는 것이 아닌지 우려되었다.

"그건 누구도 장담할 수 없겠지요. L화백이나 P화백의 이름값이 지금보다 수십 배 더 비싸지고, 그가 낙서한 종이마저 수천만 원에 거래되는 시절이 오면 저 습작품들도 충분히 거액에 거래가 될 수 있을 겁니다. 하지만 아직 일어나지도 않은 일에 대해서 미리 모조품 제조 혐의 같은 걸 씌우는 건 무리가 아닐까요?"

김 교수의 말을 듣는 동안 한 검사는 점점 혼란에 빠져들었다. 박삼수 사장을 처벌해 달라며 탄원서에 맞고소까지 진행했던 김복남 교수가 점점 박삼수를 싸고도는 모습을 보이고 있기 때문이었다. 쐐기를 박아둘 필요가 있겠다고 생각했다.

"교수님, 실은 압수물에 대한 과학적 감정을 의뢰했더랬습니다. 구구절절 설명이 길었는데, 한마디로 말하면 모두 모조품이라는 겁니다. 전부 불태워야 할 가짜 그림들이라는 거죠."

"허허, 참!"

김복남 교수는 어이가 없다는 듯 헛웃음을 날렸다.

"설령 감정 전문 기관이라 하더라도 100퍼센트 신뢰하기는 어려울 겁니다. 미술판에서는 가짜가 진짜가 되고 진짜가 가짜가 되는 일도 허다합니다. 어제는 가짜였다가 오늘 진짜가 될 수 있고, 오늘 진짜였다가 내일 가짜가 될 수도 있습니다."

김복남 교수는 대체 무슨 얘기를 하고 싶은 것일까? 검사가 그런 기본적인 소양도 없는 사람이라고 생각해서 이런 말을 건네는 것은 아닐 터였다.

"검사님, 저 그림들을 절대 불태워 버려서는 안 됩니다. 압수된 마약 취급을 해서는 안 된다는 말입니다. 저 역시 저 그림들이 L화백이나 P화백이 실제로 습작 과정에서 남긴 작품이라고 생각하지는 않습니다. 하지만 내일은 또 어떤 생각을 하게 될지 저도 모릅니다. 작품마다 일일이 긴 설명을 붙였다고 하셨는데, 왜 그리 긴 설명이 필요했을까요? 자기들도 확신이 없었기 때문일 겁니다. 잘 아는 사람의 설명은 짧고 잘 알지 못하는 사람의 설명은 긴 법이지요."

7

검사실에서의 면담을 끝내고 김복남 교수와 함께 청사를 나서서 뒷골목에 자리한 중국집으로 갔다.

"박삼수 사장이 저를 고발한 건이 있어서 저도 사건 당사자인데, 이렇게 사석에서 만나도 괜찮은 건가요?"

김복남 교수가 주위를 두리번거리며 기어 들어가는 목소리로 물었다. 그제야 박삼수 사장의 고소 건을 자신이 무혐의 처분했다는 사실을 김복남 교수에게 통보하지 않았다는 것이 떠올랐다.

"교수님, 그 건은 이미 끝났습니다. 무혐의 처분을 내렸고 부장님 사인도 끝났습니다. 아무 걱정 안 하셔도 됩니다."

"그랬군요."

그렇게 말하는 김 교수의 얼굴에서 즐거운 빛이라고는 찾아보기가 어려웠다.

"그런데 이렇게 사석에서 저를 만나고 계신 건 무언가 제게 더 질문할 게 있기 때문이겠죠?"

김복남 교수도 어느 정도 눈치를 챈 모양이었다.

"그렇습니다. 솔직히 말씀드려서 저는 이번 사건이 검찰이 나설 일인가 의문스럽습니다. 미술판에도 나름의 자정 능력이 있을 텐데, 굳이 법의 심판으로 문제를 해결해야 하는가 하는 의문도 있구요."

"죄송합니다. 제가 괜히 고소 사건을 만들어서……."

하지만 애초에 사건을 법의 심판대에 먼저 올린 것은 박삼수 사장이었다. 김복남 교수는 맞대응 차원에서 맞고소를 한 것일 뿐이라는 걸 잘 알고 있었다.

"교수님 잘못이야 아니지요."

"그렇게 생각하신다면 다행입니다. 그나저나 술 취하기 전에 물어보실 게 있으면 먼저 물어보시지요."

"그럼 단도직입으로 여쭤보겠습니다. 이번에 문제가 된 L화백과 P화백의 그림에 대한 교수님의 감정 의견은 여전히 유효

합니까?"

"유효합니다."

여전히 그 그림들이 가짜라고 믿는다는 얘기였다.

"그런데 왜 압수된 그림들에 대해서는 가짜라는 진단을 내리지 못하시는 거죠? 제가 보기에는 문제가 된 그림들의 경우 실제로 L화백이나 P화백의 화풍과 너무나 흡사한 반면, 압수된 그림들 중에는 무지한 사람이 보더라도 전혀 다른 화풍으로 느껴지는 작품이 여럿이던데 말입니다."

김복남 교수는 술을 한 잔 들이켜고 안주를 한 젓가락 입으로 가져가더니 시간을 들여 천천히 삼켰다.

"확신을 가질 수가 없었다고 해두지요. 개별 그림들에 대한 제 나름의 판단이 없었던 것은 아닙니다. 문제가 된 두 작품에 대한 위작 감정에 대해서도 여전히 나름의 확고한 신념은 있습니다. 하지만 이 세계에는 하나의 기준만 존재하는 것은 아닙니다. 그래서 같은 그림을 두고도 감정의 결과는 사람마다 다를 수 있습니다. 그런데 이걸 누구는 맞고 누구는 틀리다는 식으로 재단해서는 안 된다는 게 요즘 드는 저의 생각입니다. 그러니 제 판단에 대해서도 100퍼센트 신뢰할 수 있다고 장담해서는 안 되는 것일 테지요."

김 교수의 강의인지 푸념인지를 조금 더 들어보기로 했다.

동학사 가는 길

"검찰청 증거 보관실에 압수되어 보관된 그림들을 며칠 동안 자세히 들여다보았습니다. 처음엔 진품보다 위작이 많아 보였습니다. 그런데 시간이 지날수록 혼란이 생기더군요. 진품과 위작의 경계를 가르는 저의 기준이라는 것이 정말로 종이 위에 그려진 빗금처럼 명쾌한 것일 수 있는가, 그 기준이 영원불변할 수 있는가 하는 회의가 생긴 것이지요. 그러자 어제는 가짜였던 그림들이 오늘은 점점 더 진짜 같이 보이더군요. 머릿속에서는 L화백이나 P화백이 저 따위로 조잡한 그림을 저 따위로 조악한 종이에 그렸을 리가 없다고 끊임없이 사이렌이 울리지만, 그럼에도 불구하고 확신을 가지기는 점점 더 어려워지는 겁니다. 원숭이도 나무에서 떨어지는 날이 있고, 명필이라고 해서 항상 탁월한 글씨를 쓰는 건 아닙니다. 그 그림들이 진짜 L화백이나 P화백의 습작 과정에서 나오지 말라는 법도 없다는 생각도 들었습니다."

  술을 많이 마신 것도 아닌데 머릿속은 점점 더 흐릿해져 갔다. 그런 희미해진 머릿속으로 C화백의 그림일지도 모르는 그림들을 숨겨둔 채 씨름하고 고민하던 옛 기억들이 스멀스멀 피어오르고 있었다.

동학사 가는 길

동학사
가는 길

1

　초임 검사 시절, 황학동 시장에서 김박이라는 별명의 노인을 통해 구입한 그림 다섯 장에는 C화백의 사인이 선명하게 박혀 있었다. 하지만 김박 노인은 그 그림이 C화백의 진짜 그림이라고 말한 적이 없었다. 누가 그린 그림인지 알아볼 줄도 모르는 바보여서가 아니었다. 이유는 여전히 알기 어렵지만, 김박 노인이 말해준 것은 그림이 어떻게 흘러나오게 되었는지에 대한 간접적인 얘기일 뿐이었다.

　"화가가 돌아가신 후에 화실에 간 고물장수가 버려진 종이 상자에 대학노트 한 권이 있어 펼쳐 보니 다섯 장의 종이 그림이 붙어 있었다더군요. 고물장수가 보아도 하찮은 그림이어서

142　　　　　　　　　　　　　　　　　　　　　동학사 가는 길

그냥 버릴까 하다가 저녁값이라도 만들어볼 요량으로 뜯어내어 가져온 것이라우.”

대강 그런 얘기였다. 그러면서 김박 노인은 이별의 선물로 그 그림들을 주노라고 했었다. 물론 값을 쳐서 파는 것이지만 분명 선물로 준다고 했다. 그 그림이 정말 C화백의 그림일 수도 있겠느냐고 거듭 물었을 때에도 김박 노인은 수수께끼 같은 답변만 했었다.

“그림 속의 해와 달에 비밀이 숨겨져 있다우. 화가는 아무리 작은 그림으로 사물을 그리더라도 그 특징을 놓치지 않는 법인데, 이 그림들에서는 해와 달 그림에 작은 여백을 두었다우. 사물을 절대 가두지 않는다는 얘기지. 아마 해도 달도 숨을 쉬게 하려는 생각이었을 테지.”

그게 김박 노인에게 들은 그림에 대한 설명의 전부였다. 만약 김박 노인이 그 그림이 C화백의 진품 그림이었다고 말해줬더라면, 그 그림들은 정말로 진품이 되었을까?

그림의 진위 여부를 확인하기 위해 나름 백방으로 뛰어다니던 시절의 일들이 새삼 기억 속에서 되살아났다. 그리고 김박 노인은 천막지에 그려진 군상과 새 그림 한 점을 덤으로 주었었다. 그 그림도 대학노트 사이에 끼워져 있었다고 했다.

2

　C화백은 사후에 그 명성이 더욱 높아져서 그의 그림값도 천정부지로 뛰어올랐다. 그래서 그랬던지, 한대희는 이미 C화백의 제자로부터 그 그림이 진짜일 리 없다는 답을 들은 뒤에도 한동안 그림이 진짜일 거라고 믿었고, 나름대로 그 증거들을 찾아 나섰었다.

　그가 제일 먼저 주목한 것은 한 그림 속에 적힌 '동학'이라는 단어였다. 다른 그림들에는 날짜와 화가의 사인이 있을 뿐 그림의 제목에 해당하는 다른 글자들이 일절 없는데, 유독 한 그림에만 그런 글자가 적혀 있었다.

　그림에 코를 박고 몇 날 며칠을 고민했다. 그림이 암시하는 장소는 시골 마을 어귀 같은데, 조그마한 꽃동산이 그려져 있다. 산으로 향해 난 길 위로 두 사람이 손을 잡고 어디론가 가고 있다. 키 차이 등으로 미루어볼 때 한 사람은 어른, 한 사람은 아이로 보인다. 그들의 목적지가 바로 '동학'이 아닐까 싶었다. 한국의 지명에 '동학'이라는 지명은 없다. 절 이름 동학사가 있을 뿐이다. 그 절에 가는 길이어서 '동학'이라고 쓴 것이라 짐작되었다.

　동학사는 충청남도 공주시 반포면 학봉리에 있는 절이다. 그

렇다면 그림의 이곳은 박정자삼거리인 것일까? 확인을 위해
실제로 박정자삼거리에도 가보았다. 지명도 그대로 있고, 풍
경이 다소 달라졌지만 그림 속의 로터리를 연상시키는 장소도
여전히 남아 있었다. 그곳에서 한참을 서서 둘러보며 감격에
겨워 했지만, 그것만으로 이 그림을 그린 화가가 C화백이라는
증거가 될 수는 없었다. 그러다가 C화백의 제자인 최 교수가
기고한 글에서 이런 구절을 접하게 되었다.

"한번은 이런 일도 있었다. 선생님이 한창 매직 그림을 그릴 때였다. 한 뭉치를 그려놓고 보라 하시면서 한 장 가지라는 것이었다. 그러면서 하시는 말씀이 동학사엘 몇 번 갔었는데 갈 때마다 비가 온다. 그런 이야기였다. 나는 그때 어찌나 우스웠던지 체면 불구하고 배를 쥐고 웃었다. 구름이 몰리다 보면 비가 되는데, 용은 구름을 몰고 다닌다는 말이었다. 그러니 자기가 용과 같다는 말씀이 아닌가."

섬광처럼 뇌리를 때리는 충격이 느껴졌다. 제자의 술회에 따르면 C화백은 실제로 동학사에 자주 왕래한 것이 분명했다. 자신이 신뢰할 수 있는 증거를 찾아낸 것이라고 믿었다. 역사적 사실의 증명도 중요하지만, 구체적인 특정 그림의 사연을 증언해주는 자료가 나온다는 것도 다행한 일이었다.

그렇다면 그림 속의 아이는 누구일까? 어른이 C화백 자신이라면, 아이는 그의 아들이어야 했다. 하지만 C화백은 어린 아들을 먼저 보냈다. 아마도 아들과 손을 잡고 나란히 동학사에 간 적은 없었을 것이다. 그것이 객관적 사실이다.

하지만 그림은 현실의 역사를 기록하기만 하는 것이 아니다. 꿈도 기록하고 소망도 채색할 수 있는 것이 그림이다. 이 그림 속의 장면 역시 실제의 사실이 아니라 C화백의 꿈, 소망을 표현한 것인지 몰랐다. 병으로 일찍 세상을 떠난 아이, 혹은 병석에 누운 아이와 함께 동학사에 가는 꿈 말이다.

그렇게 C화백과 그 가족의 일생에 대해 관심을 갖게 되자, 그와 연관된 자료라면 무엇이든 긁어모아 읽어나가기 시작했다. 그렇게 몇 달을 몰두하고 나자 자신이 접신의 경지에 들어선 것이 아닌가 싶을 정도로 C화백과 일체가 되는 경험까지 하게 되었다. 그때 써두었던 원고 나부랭이가 서재 금고 속에 그림들과 함께 지금도 남아 있었다. C화백의 시선과 생각으로 풀어낸 글이었다.

일본이 우리나라를 강점하고 있던 때, 어느 집이든 걱정거리 없는 집이 없었다. 사람들은 이유 없이 몸이 아프기도 하고 갑자기 정신이 돌기도 했다. 재앙은 자의적으로 선택되는 것이 아니어서, 몹쓸 전염병이 돌아 한 마을의 목숨을 순식간에 앗아가기도 했다. 나라라는 것이 그렇게 중요한 것이란 걸 잃어버리고서야 알았다.

그런 시절이었던 어린 날, 아버지가 오랜 병고 끝에 돌아가셨다. 할머니가 동학사에 가서 그렇게 치성을 드렸는데도 아버지가 돌아가셨다. 웬만하면 부처님 원망이라도 하련만 아들이 죽었는데도 할머니는 동학사 가는 길을 멈추지 않으셨다.

'동학사 부처님은 영험하셔서 무엇이든 지성으로 빌면 들어주시지 않는 것이 없단다.'

할머니는 항상 당신의 정성이 모자란 탓으로 여기셨다.

'네 애비를 부처님께서 좋은 데로 보내주실 게야.'

할머니는 그러면서 동학사 가는 것을 멈추지 않으셨다. 나도 그때 할머니를 따라 동학사에 가곤 했었다.

내가 소학교를 마치자 가족들이 서울로 이사했다. 중학을 서울에서 마치고 대학은 일본으로 유학했다. 일본 유학에서 돌아오자마자 징용에 끌려가게 되었다. 기차를 타고 인천에 가서 배를 탔는데 어디로 가는지 알 수 없었다. 깜깜한 밤에 배를 타고 몇 날이 지나더니 알 수 없는 곳에 내려 철광산이 있는 산중으로 끌려갔다.

알고 보니 일본 땅이었다. 철광산에서 철광을 캐는 일을 했는데 힘든 일이어서 죽어 나가는 자도 많았다. 기약이 없는 감금이었다. 전쟁이 끝나면 감금도 풀리겠지만 당시에는 전쟁의 끝이 보이지 않았다. 그것 자체가 절망이었다. 하루가 천년 같은 날을 얼마나 지냈을까? 그러나 절망의 끝은 있었다.

1945년 8월 6일 아침 8시 15분. 일본 히로시마. 국민학교 학생들이 아침조회를 하려고 운동장에 정렬해 있었는데, 높은 하늘에서 갑자기 섬광이 번쩍했다. 그러자 운동장에 모여 있던 아이들이 순식간에 재가 되어 날아가버렸다. 당시에는 출근 시간이 조금 일러서 직장이나 공장에서 교대를 하거나 업무를 시작하려는 시간이었다.

일본 본토의 방호부대에서는 새까맣게 몰려오던 폭격기가 아니어서 대수롭게 여기지 않았다. 사실은 너무 높은 고공이어서 B29가 가까이 올 때까지 알지도 못했다. 알았다 하더라도 따라잡을 엄두를 내지 못했을 것이다.

사실 당시의 일본은 전쟁을 수행할 수 있는 모든 여력이 소진된 상태였다. 미군의 일본 본토 상륙을 저지해야 한다며 주민들에게 죽창을 쥐어줄 정도였다.

그런 상황에서 미국의 비행기가 히로시마 상공에 나타나 낙하산을 단 물체를 떨어뜨린 것이다. 비행기는 언제 그랬느냐는 듯 이내 멀리 사라져 버리고 말았다. 이후의 상황을 경험으로 설명할 수 있는 사람은 아무도 없었다. 그저 나중에 이곳을 찾은 자들이 짐작만 할 뿐이었다. 섬광을 본 자들치고 살아남은 사람이 아무도 없었기 때문이다.

원자폭탄이 투하되자 시가지의 모든 것은 순식간에 재로 변했고, 이어 불어닥친 후폭풍에 날아간 가축들이 콘크리트 담벼락에 그림처럼 붙어버렸다. 그러고 나서 낙진이 사방에 흩어져 날렸다. 아주 멀리 떨어진 곳에서 섬광을 본 이들도 눈이 멀거나 화상을 입었다.

그 며칠 전부터 뿌려진 삐라를 통해 미군이 미리 공습을 알리긴 했었다. 하지만 미군의 공습에 이력이 붙은 히로시마 시민들은 소이탄 정도 뿌려대는 줄로만 알았다. 지난번처럼 포탄이 떨어지는 틈새로 불을 끄러 가야 할지 모른다고 걱정하는 정도였다.

그러나 그날은 달랐다. 시가에 있던 모든 것과 모든 사람들이 사라져 버렸다. 모든 것이 사라졌다는 것을, 뒤늦게 폐허를 찾은 자들만이 알 수 있었다.

히로시마에 원자폭탄이 투하된 지 3일 뒤, 이번에는 나가사키에도 원폭이 투하되었다. 그러자 혼비백산한 일본은 두 손을 들고 항복을 선언했다. 며칠 후, 징용에서 풀려난 나는 히로시마 교외의 콘크리트 담벼락에 붙은, 원자폭탄의 후폭풍에 날아와 그림처럼 붙어버린 새의 흔적을 돌로 긁어내 보았다. 긁어내고 보니 담벼락에는 새의 잿빛 형상만 남아 있었다.

원폭으로 날아가 버린 철로가 복구되고 기차가 다시 다니게 되었을 때, 피폭으로 화상을 입은 아낙네들이 아기를 업고 기차에 올라 어딘가로 떠나갔다. 히로시마 교외에서도 멀찌감치 떨어져 있던 덕분에 살아난 아낙들이었다. 같이 기차를 탄 승객들이 그 아낙네들의 구사일생 경험담을 들으며 눈물을 흘리고 혀를 찼지만, 아무도 아낙과 아이가 이후 겪게 될 후유증에 대해 염려하는 자는 없었다. 원폭에 따른 낙진도 그저 화산이 폭발하여 날리는 재 정도로만 알고 있었던 것이다.

얼마간 세월이 지나서야 여기저기서 이상한 증상을 호소하는 사람들이 나타나기 시작했다. 그리고 의사들은 머지않아 그것이 피폭으로 인한 방사능 오염 때문에 생기는 병이란 걸 알게 되었다. 그러나 그것을 알게 되었을 때엔 이미 많은 사람이 돌이킬 수 없는 강을 건너버린 뒤였다.

그 낙진, 아니 그 방사능이 내 몸에도 묻어 남아 있으리라고는 상상도 하지 못했다. 그러나 그것이 소매에 묻고 니꾸사꾸(배낭)에 담기고 찌가다비(일본 버선)에 묻어 연락선을 타고 현해탄의 바닷바람에도 날려가지 않고 나와 함께 한반도까지, 아니 나의 고향에까지 건너왔다.

그러고 나서 다시 30년이 지났다. 그래서 까마득히 잊고 있었는데, 지금 와서 뒤늦게 얻은 아들에게 콘크리트 담벼락에 새겨져 있던 새의 흔적이 나타나기 시작했다. 건강해야 입맛이 있는데 아픈 아이는 도통 무엇을 먹으려고 하지 않았다. 아이가 자주 병치레를 하자, 처음엔 이러다 말겠지 했는데 점점 아픈 정도가 깊어갔다. 아이가 아프면 모든 가족이 함께 앓았다.

그런 세월을 10년도 넘게 보냈다. 쇠약한 아이는 자신의 힘으로 아무것도 할 수 없어 모든 것을 엄마에게 의지해야 했다. 염원과 기도도 어느 정도일 때나 되는 것이지, 바라보기조차 지치고 힘든 상태에서는 소용이 닿지 않았다.

아들의 외양은 멀쩡하지만 숨쉬기조차 어려워했고 손도 차가웠다. 의학이 발달하여 온갖 수술을 다 할 수 있다는데 의사는 아이의 병을 고칠 수 있다고 말하지 않았다.

그렇게 아이의 꺼져가는 숨결을 의식하면서도 아이가 곧 회복되리라 믿었다. 아니 믿음을 넘어서는 기도였다. 그러면서도 마음 한구석에 일어나는 불안감을 모두 떨칠 수는 없어서 자주 울었다. 아들에게라면 살과 피라도 떼어주고 싶은 심정이지만 아무것도 해줄 게 없었다.

캔버스를 앞에 두면 다른 그림이 그려지지 않고 아들의 그림만 그려졌다. 지우려고 해도 지워지지 않았다. 캔버스에는 아들의 형상이 이미 그려져 있었다. 그래서 아들의 그림만 그렸다.

나중에 우리 가족과 함께 천국에서 다시 만나 이렇게 저렇게 살아가자고 하는 염원이 그려졌다. 사람들은 그게 천국의 그림이란 걸 모르고 천진하다느니 바보스럽다니 했다. 그림을 그리고 나면 조금은 마음이 달래졌다.

원죄의 이음은 어느 곳에서 시작되었던가? 깊은 유전자 속의 상흔이 지워지지 않고 나의 의지와는 다르게, 아니 나도 모르게 아들에게로 이어졌다. 이건 아니다. 그러나 아들은 우리 곁을 떠나갔다. 내가 그때 앓아야 했을 아픔을 대신 안고 갔다.

그림은 무슨 그림이란 말인가. 나는 아무것도 그릴 수 없었다. 그럼에도 또 내가 할 수 있는 일이라고는 그림 그리는 것밖에 없었다.

동학사 가는 길

아이를 위한 그리움도 나는 그림으로 남길 수밖에 없었다.

"사랑하는 아들아! 사랑하는 아들아!"

불러도 대답은 없었다.

모두가 알아야 한다. 다시는 섬광이 번득이는 일이 있어서는 안 된다. 그 섬광은 아무것도 가리지 않는다.

무엇을 지키기 위해 원폭을 만들었는지 모르지만, 그것은 피아를 가리지 아니할 것이다. 그것은 그렇게 분별력 있는 물질이 아니다. 그뿐만 아니라 오래도록 원죄의 씨앗이 되어 인류의 숨통을 쥘 것이다.

나의 그림에는 그런 염원이 담겨 있다. 아니 나는 그렇게 절규했다. 내 작은 그림 속의 절규가 보는 이들에게까지 들릴지는 나도 잘 모르겠다.

할머니가 끊임없이 동학사를 찾았듯이 나도 열심히 동학사를 찾을 것이다. 부처님께서는 반드시 나의 소원을 들어주실 것을 믿기 때문이다. 내가 할머니에게 배운 것이 그것이다.

버스는 동학사까지 가지 않고 박정자삼거리까지만 간다. 동학사까지는 걸어 들어가야 한다.

지난번 동학사를 찾았을 때도 비가 왔다. 아니 내가 찾아올 때마다 비가 내리곤 했다. 그래서 이번에는 아예 우산을 들고 동학사를 찾았다. 우산을 든 나의 자화상이 여기서 비롯되었다.

혼자서 울고 싶어 왔는데, 동학사로 가는 삼거리에 비가 내린다. 여기만 오면 비가 내렸다.

아비가 되어보니 할머니의 심정을 조금은 알 것 같다. 아이의 나이가 열두 살이 넘었는데 학교도 못 가고 있었다. 어쩔 것인가. 내가 대신 지고 갔으면 싶었다. 삶이란 자신만의 것이 아니라는 것을 부처님께서 일러주시는 것일까?

아비도 가슴이 쓰린데 어미는 어떻고, 누이들은 어떠하랴. 아비로서 아이에게 아무것도 해줄 수 없어 허무했다. 화가가 되지 않고 의사가 될 걸 그랬다.

"사랑한다. 아들아!"

오늘도 동학사 가는 길에는 비가 내리고 있다.

고통이 상념을 삼켜버려 아들을 위해 그려야 하는 그림이 그려지지 않았다. 그림을 그려 아이의 치료비라도 보태야 했다. 환쟁이라고 손가락질 받으면 어떻고 욕을 얻어먹은들 어떠랴. 할 줄 아는 일이라고는 그림 그리는 일밖에 없는데, 사방천지의 사물이 모두 회색으로만 보인다. 무엇을 그린단 말인가?

그림은 의식적으로 그려질 때도 있고 붓 가는 대로 무의식적으로 그려질 때도 있다. 어쩌다 그려진 그림은 푸념이고, 소원이고 바람

일 뿐, 돈을 주고 사가라고 하기에는 부끄러웠다. 아이를 간호하는 아내가 걱정되고 한없이 미안하다.

강가에서 오랫동안 지냈다. 그러던 어느 날부턴가 강가의 희뿌연 안개가 싫어졌다. 그림을 그리려고 하면 캔버스에 안개가 끼었다. 그래서 그곳을 떠나왔다. 10여 년 넘게 지낸 강가의 화실도 나를 달래지 못해 서울로 돌아왔다.

얼마 지난 뒤 그동안 잊고 살았던 여행이 하고 싶어졌다. 그래서 여행에서 쓰일 것들을 세심히 준비했다. 32절 크기의 켄트지에 고동색 잉크 물감을 풀어 배색을 칠해 말려 대학노트에 붙이고, 갈색 물감을 챙기고, 이것저것 여행 준비를 했다. 늘 강가에만 있어봐서 그런지 바다로 가고 싶었다. 일상을 떠나 여행을 한다는 것은 즐거운 일이었다. 그러나 즐거운 마음을 가질 수 없었다. 일상을 내려놓아야 여행을 떠날 수 있으리라.

그림을 그릴 때도 혼자지만 떠나온 여행에서도 혼자이기는 마찬가지다.

3

바다는 품고 있던 생물을 어부들에게 주어 그들의 삶을 이어가게 한다. 바다에 나갔던 어부들은 물이 들어오면 돌을 쌓아 만든 선착장에 내려 배를 맨다.

차가운 겨울이지만 날씨가 좋다.

빈 전마선(傳馬船) 한 척이 부두에 묶여 있고 바다에는 또 다른 작은 배가 떠 있다.

빈 배가 나를 기다린 것일까?

새삼 내가 혼자가 아니라는 것이 느껴진다.

나의 작은 화폭에 해변과 바다를 담아본다.

오랜만에 일기를 쓴다. 나의 일기는 그림일기다. 일기를 쓰고자 연필을 들거나 붓을 들 때에는 무아의 경지에 젖어들기 마련이다. 남에게 말할 수 없는 나만의 이야기를 일기에 적는다. 나는 화가니까 일기도 그림으로 쓴다. 그래서 그림 밑에 그린 때를 적어놓았다. 일기는 기록일 수도 있지만 남에게 말할 수 없는 비밀을 적기 마련이어서 대개 다른 사람들이 보면 안 된다.

하여간 오랜만에 나를 그릴 수 있었다. 나는 지금 이 순간을 간직하고파 일기를, 그림일기를 쓴다.

동학사 가는 길

멀리 산들이 바다와 닿아 긴 연안을 만들고, 수평선은 무한한 상상을 하게 한다. 서해안은 바닷물이 해변에서 출렁일 때가 있고, 어쩐 일인지 멀리, 그것도 아주 멀리 밀려 나가는 때가 있다. 어쩌다 보는 일이지만 볼 때마다 신기하게 느껴진다.

어부는 물이 해안에 출렁일 때 일을 나갔다가 바닷물이 다시 들어와야 돌아온다. 바닷물은 한 번도 들어오는 시간을 어긴 적이 없다. 그래서 물 때문에 돌아오지 못한 이들은 없다.

나는 나루터에 앉아 아들과 함께 노 젓는 꿈을 꾸고 있다. 꿈이 그림이고 그림이 내 꿈이다. 이 여행에서도 나는 아들과 함께하지 못하는 아쉬움에 눈물을 적신다.

4

같은 날.

하염없이 천천히 멀리 보이는 산자락까지 걸었다. 바다를 만끽하고 싶어서였다. 어느 틈에 해가 작은 섬에 숨어버리고 옅은 어둠이 드리운다.

배에는 아버지와 아들이 타고 있고 해변에는 아버지 나무와 아들

77. 1. 23.
Ucchin.c.

나무가 서 있다. 그리고 커다란 앵커(배가 바다에서 정박할 때에 내리는 닻)가 나무 베개를 하고 누워 있다. 나는 쉬고 있는 앵커가 얼마나 부러웠던지 모른다.

오대양 육대주는 아니더라도 길고 먼 바닷길을 쉼 없이 다녔으리라. 그런 그가 지금은 편히 해변에서 파도 소리를 들으며 쉬고 있다. 나도 그러고 싶다. 이 그림에서 사람들이 파도 소리를 들을 수 있을지 어떨지, 나는 모르겠다.

5

1977. 7. 10. 정오쯤.

요즘엔 이 길을 자주 오지 못했다. 차는 박정자삼거리까지밖에 닿지 않는다. 여기서부터 걸어야 한다.

길을 가는 내가 있고, 새가 나의 길을 앞장서 가고 있다. 이 길은 어릴 때 할머니 손을 잡고 걷던 길이다. 나의 길이다. 박정자삼거리에서 동학사 입구까지 가는 길이다.

그림에서는 나무들의 마음을 그리고 싶었다. 새의 마음도 그리고 싶었다. 지난번에는 길을 따라 새를 몰고 오는 자화상이라는 그림

을 그린 적이 있다. 지금은 어디론가 새로운 길을 찾아 떠나고 싶은 마음을 그려보려 했다.

일기는 아름답다. 아무리 머리 좋은 사람이라도 모든 것을 기억하지 못한다. 그래서 일기는 무엇보다도 소중한 것이다.

6

　원근과 평면이 함께 존재하는 화면, 현실과 꿈이 함께 그려진 그림을 그리고 싶었다. 모든 것은 순간에 지나간다. 그 순간을 그리고 싶었다. 풍경의 찰나, 마음의 찰나를 그리고 싶었다. 꿈의 찰나도 함께 그리려 했으나 사람들에게도 보일런지는 모르겠다.

　작곡을 하는 사람들은 자기 아이를 위하여 자장가를 짓는다. 나는 화가여서 노래를 지을 수 없다. 그러나 아이가 편안히 잠들 수 있도록 어떤 식으로든 자장가는 불러주어야 한다. 그래서 '자장화'를 그렸다. 자장가는 있지만 아직 자장그림은 없다. 아마도 자장화를 그린 화가는 나밖에 없을 것이다.

　'자장 자장 자장자장!'

　지금 나의 소원은 아들이 편안한 잠을 자는 것이다. 그래야 엄마도 함께 편히 잘 수 있다.

　'강아지도 잘도 자라, 자장자장 자장자장!'

　그래도 강아지는 자지 않고 골목을 쏘다닌다. 이 그림은 자장그림이다. 엄마와 아이는 손을 잡고 자고 있고, 밤 나들이 나온 강아지가 동네를 지키고 있다. 보름달이 하늘 가운데서 졸고 있는 시간이다.

　배색보다 짙은 겹칠로 어둠을 만들어보았다. 이집 저집이 다 평온

UCCHIN.C. 1978.

한 정적에 싸여 있는 밤은 평화롭다. 어미와 아이가 평온히 잠들길 염원한다. 평화가 있기를 기원한다. 밤은 참으로 고마운 존재다. 달님 밝은 밤은 더욱 고맙다. 더 평화로운 휴식과 정막을 주기 때문이다.

7

흰색은 화가에게 금기의 색이기도 하지만 두려운 색이다. 나는 이 두려운 흰색에 가끔 도전한다.

천막지에 흰색으로 그림을 그리고 나서 갈색으로 덮어씌우고 물감을 모두 긁어버렸다. 새만 남겨두고 긁었다.

캔버스에 남은 물감이 나의 가슴을 치기 시작한 것은 아이가 아프면서부터였다. 의사는 내가 아이에게 지울 수 없는 자국을 남겨 그렇다고 했다. 이런 일은 나에게서 끝나야 한다.

내가 본 원자폭탄은 한 방이면 모든 것을 자취도 없이 재로 만들어버리고 마는 것이었다. 그렇게 모든 것을 앗아갔으니 끝날 줄 알았다.

동학사 가는 길

낙진이 뼛속을 파고들어 숨어 있을 줄 몰랐다. 아무도 상상조차 할 수 없었던 일이다. 이런 재앙은 다시 있으면 아니 된다. 내 아이가 마지막 십자가를 지고 갔으면 한다. 나의 그림은 평화가 얼마나 중요한가에 대한 외침이다. 그러나 평화를 지키기 위해서는 용기가 필요하다.

나는 칠해진 물감을 캔버스에서 긁어내면서 끊임없이 외쳤다. 히로시마의 교외에서 울면서 콘크리트 담벼락을 긁어낼 때처럼 절규했다.

'서로 사랑해야 한다. 아는 사람끼리나 동족끼리가 아니고, 타인이나 이방인까지도 사랑해야 한다.'

8

C화백이 그림일기를 쓴 1977년과 1978년에 그는 경기도 덕소에서의 생활을 접고 서울 종로구 명륜동 한옥에 기거하고 있었다. 그 다음 해인 1979년은 그에게는 잊지 못할 해였다. 그의 간절한 소망과 달리 아들을 잃었다.

휴식의 시간이 고통의 시간보다 어려웠다. 십수 년을 줄곧 아

동학사 가는 길

들에 대한 소망을 담아 빌었다. 그 기구함이 몇 장의 작은 그림으로 남았다. 큰 전쟁이 재가 되어서도 후대의 아들을 앗아갔다. 다시는 이런 불행이 없어야 했다. 그래서 그의 그림은 탑이 된 그림이었다.

그의 그림에는 새가 그려져 있다. 새는 영성을 상징한다. 비둘기는 평화를, 독수리는 용맹을 상징한다. 그는 새를 몰고 오기도 하지만 새를 쫓아가기도 했다. 언젠가부터 그는 자신이 새를 닮았다고 여겼다. 처음엔 바람이었는데 쳐다보다 닮아버렸다. 잡을 수도 없고 잡히지도 않는 새. 날개를 펴 비상하고 있는 새. 오래 쳐다보다 닮아버렸다.

9

화가는 그림에서 다른 사람을 위로했다. 자신의 슬픔을 극복하고 타인을 위로했다. 자신의 그림을 바라보는 모든 이들이 위로받을 수 있어야 했다. 그래서 그는 괴로워했다. 캔버스를 앞에 두고 괴로워했다. 그러나 행복한 괴로움이었다.

자신의 아픔이 그림으로 변하여 아픈 이들을 위로해줄 수 있다면 행복했다. 그는 노래하는 사람이 아니고 그림 그리는 사람이다. 그의 노래는 캔버스에서 레코딩되어 보는 이 앞에서 울린다. 때론 자신도 위로받아야 했다. 그림일기는 그를 위로해주었다.

그래도 그 시절 C화백의 그림에서 모티브는 희망이었다. 고통 속에 숨 쉬고 있는 희망이었다. 1979년 이전, 그의 그림은 그랬다. 그리고 한동안 멈추었다. 고통이 있을 때 함께 있었던 희망과 함께 멈추고 있었다. 그리고 내면적으로 깊은 휴식을 가졌다.

보통 사람들이 황혼에 접어드는 환갑을 지나 그는 새로운 길을 선택했다. 지난날의 영욕과 고통이 무한한 에너지가 되어 그를 마냥 쉽게 내버려두지 않았다. 그는 힘든 일이 생기면 일생에서 가장 힘들었던 1977년과 1978년에 크로키 한 그림들을 펼쳐봤다. 채색한 그림들은 다른 사람들에게로 갔지만, 유독 그의 곁에 오래 있어주는 이 그림은 그의 일기장이었다. 일기장은 누구에게나 보여주는 것이 아니다. 비밀은 오류 안에서만 존재하는 것이 아니고, 일상과 희망 속에서도 존재했다.

처음엔 아들을 찾아 이리저리 다녔다. 새처럼 홀쩍 날아가 버린 아들을 찾아다녔다. 어느 날, 그는 그의 일기장에서 살아 있는 아들을 볼 수 있었다. 자신의 세계가 우주와 통하면서 탑

168   동학사 가는 길

이 되어갔다. 석수장이는 돌로 탑을 만들었다. 그는 고통을
안고 탑을 쌓아, 보는 이로 하여금 위로받게 했다. 절망과 분
노도 있었다. 절망과 분노는 그리지 않았다. 그리지 않으면 잊
혀졌다.

10

　화가의 세계는 캔버스다. 그리고 화가는 세계 속의 세계를 설
정한다. 그는 자신의 세계를 먼저 설정하고 그 속에 우주를 담
았다. 집은 세월이 지나면 허물어지고 인간은 자의든 타의든
한곳에 머물 수 없기에 장소적 고향은 없다. 그러나 항상 기억
되고 가슴속에 변하지 않고 자신을 기다리고 있는 그림 속의
가족이 있었다.

11

 한대희는 자신이 그림 속으로 빠져 들어가 그린 이의 심경을 읽게 되자 이 그림의 존재를 C화백의 유족에게도 알릴 필요가 있다고 생각했다. 그래서 유족들에게 연락을 했더니 유족들은 그림 문제로는 누구와도 만나지 않겠다고 했다. 이런 연락을 수도 없이 받았기에, 유족들이 결정하여 C화백의 작품 리스트에 대한 정리를 끝냈다는 것이었다.

 만나야 할 이유가 그림에 얽힌 사연과 관련된 것이라면 더더욱 만나줄 수 없다고 했다. 설령 그 그림이 잃어버리거나 도난당한 그림이라도 상관하지 않겠다고 했다. 이해하기 어려운 대응이었지만, 가족이라고 화백의 그림을 모두 알거나 분별할 수도 없는 것일 터여서 더 이상 어쩔 수가 없었다.

진짜와 가짜의 경계

진짜와
가짜의 경계

1

싸움을 먼저 건 것은 김복남 교수였고, 결국 승자도 그였다. 그런데 승자가 되자 갑자기 전에 없던 큰 아량이라도 생겼는지, 김복남 교수는 구치소에 수감된 박삼수 사장을 걱정했다. 중국집에 둘이 마주 앉아 고량주를 나누어 마시던 날, 피차 취기가 돌기 시작하자 김 교수가 본심을 드러내기 시작했다.

"저는 지금도 제 감정의 결과를 믿습니다. 하지만 제가 믿는다고 다 진실이 되는 건 아닐 수도 있다는 생각이 최근 많이 듭니다. 설령 저 외에 여러 사람이 같은 의견을 표명했다 하더라도, 진실이 무엇인지는 아무도 판정할 수 없었을지 모릅니다. 그게 검사님이든 검사님보다 높은 부장님이든 하느님보다 높은 판사님이든 말입니다."

그림을 그린 작가, 아니 그림을 그렸다고 지목된 작가 자신이 부정했던 그림임에도 그 화가의 이름이 붙은 천경자 화백의 경우를 떠올려보니 김 교수의 말은 그 말대로 또 무의미한 넋두리만은 아닐 것이라는 생각도 들었다.

"저나 법원의 판결이 무의미하다는 말씀이군요?"

한대희 검사도 술에 조금 취했던지 삐딱하게 대꾸했다. 김 교수는 그런 한대희의 태도에는 크게 신경을 쓰지 않는 눈치였다.

"아무튼 저는 이번 맞고소 사건을 통해 많은 생각을 했습니다. 처음엔 제 주장을 뒷받침하고 진실을 밝혀야 한다는 생각으로 나름 최선을 다했습니다. 밤잠도 설치고 대학원 학생들도 동원해서 자료를 모으고 분석했죠."

그건 익히 아는 바였다. 그가 들고 온 여러 자료와 그의 주장들이 한대희로 하여금 박삼수를 사기범으로 생각하게 하는 데 일조를 한 것도 부인하기 어려운 사실일 터였다. 그런데 김복남 교수는 지금 그런 일들이 무의미한 것이었다고 말하고 있는 것이다.

"제가 원한 것은 사실 박삼수 사장의 구속이나 처벌이 아니었는지도 모르겠습니다. 그보다 제가 정말 원했던 것은 아마도 제 말, 그러니까 제 감정 결과에 대한 사람들의 신뢰였습니다. 쉽게 말하면 저는 이 분야의 전문가이자 학생들을 가르치는 선생으로서 제 말발이 누구에게든 먹혀드는 모습을 확인하고 싶었던 것이지요. 지금 생각해보면 그렇습니다. 처음엔 박삼수 사장과의 대결 자체에 눈이 멀어 제가 정말로 원하는 것이 무엇인지 미처 살필 겨를이 없었다고나 할까요."

알듯 모를 듯한 말이었다. 본인의 명예를 위해 박삼수 사장과의 싸움을 시작했는데, 이겨놓고 보니 허망하다는, 뭐 그런 얘기처럼 들렸다.

"거듭 말씀드리지만 제가 정말로 원한 건 박삼수 사장을 감옥에 보내는 게 아니었습니다. 저와 박 사장은 사실 같은 분야에 종사하는 동업자이기도 합니다. 박 사장 같은 사람이 없다면 저도 없고, 저 같은 사람이 없다면 박 사장 같은 사람도 존재하기 어렵겠지요."

"……."

김 교수의 얘기를 조금 더 들어보기로 하고 입을 다물고 있었다.

"이번에 박 사장과 다투면서 그 주변의 사람들을 여럿 만났습니다. 그런데 솔직히 말씀드려서 제 편을 들어주는 사람은 한 사람도 만나지 못했습니다. 제가 원수를 만들었기 때문이 아닙니다. 제가 틀리고 박 사장이 옳기 때문도 아니었습니다. 박 사장에게 신세를 진 사람들이 그만큼 많고, 저에 대한 신뢰 못지않게 박 사장에 대한 사람들의 신뢰도 역시 높았기 때문입니다."

그가 이야기를 어디로 끌고 가려는 것인지 점점 더 추측하기가 어려워지고 있었다.

"신문에 나지는 않았지만, 지금 우리 미술판이 크게 흔들리고 있습니다. 저는 현장에 있어서 금방 알 수 있지만 검사님은 알 수 없는 얘기입니다."

"제가 뭘 모른다는 거죠?"

"이번 사건 때문에 화가, 화랑, 지도자들 모두 몸을 움츠리고 있습니다. 가짜 그림을 만들거나 유통시킨 사람들이 아닙니다. 그런 것과는 대체로 거리가 먼 사람들 얘기입니다. 그런데도 이들이 위축되는 것은 왜 그렇겠습니까?"

딱히 한대희 검사에게 묻는 말투는 아니었다.

"그림판 안의 일을 그림판 안에서 해결하지 못한 결과, 평생 공든 탑을 쌓아온 사람도 하루아침에 콩밥을 먹을 수 있다는 걸 알게 되었기 때문입니다. 게다가 박 사장이 정말로 사기꾼이라거나 오로지 돈만 밝히는 장사꾼이었다면 이런 분위기는 조성되지 않았을 겁니다. 그런데 실제로 박 사장은 그런 사람이 아니었습니다."

박삼수 사장이 미술판에서 평판이 좋았다는 얘기는 이미 알고 있는 사실이었다.

"이 바닥에는 여전히 배를 곯는 환쟁이들도 많습니다. 아직 돈이 되는 그림을 그리지도 못하는 자들이죠. 그런 사람들에게 구세주 같은 사람이 바로 박 사장이었다는 걸 이번에 새삼 알게 되었습니다. 박삼수 사장은 아버지 조사장으로부터 화랑과 저택 하나를 물려받았는데, 그 이후 비싼 그림들을 수없이 거래했음에도 불구하고 그의 재산이 전혀 늘지 않았다는 것도 이번에 알았습니다. 그런 사람을 제가 지금 감옥에 보낸 것이죠……."

말끝에 김 교수는 휴우 하고 긴 한숨을 내쉬었다. 그가 자신을 나무라고 있다고 여겨지지는 않았다.

"그럼 박삼수 사장에 대한 고소를 취하하고 싶으신 겁니까?"

단도직입으로 물었다.

"그럴 수 있다면 그러고 싶습니다."

물론 고소를 취하하는 것은 가능한 일이다. 하지만 사건은 이미 두 사람의 민간인이 대결하는 맞고소 차원의 싸움을 넘어서고 있었다. 검찰이 개입했고, 압수수색을 통해 다량의 위조 작품들이 발견된 것이다. 공식적으로 이미 위작으로 판단을 내린 작품이어서 검사라고 해도 함부로 서류를 바꾸거나 없애거나 조작할 수 없었다. 애초에 압수수색을 하지 않았으면 모르되 이미 너무 늦어버린 것이다.

"무엇보다 박삼수 사장의 그림들이 무사했으면 저는 좋겠습니다."

김 교수는 검찰청 증거물 보관실에 쌓여 있는 압수물 얘기를 하고 있었다. 어쩌면 그림의 안녕이 박삼수 사장의 석방보다 더 중요한 문제일지 모르겠다는 생각이 한대희 검사에게도 스쳤다.

2

박삼수가 받게 될 벌이, 아니 이미 구치소에 수감되어 받고 있는 벌이 적절한 것인지 한 검사 역시 스스로 대답할 수 없었다. 맞고소를 했던 김복남 교수도 고소를 취하하기로 했다. 남은 문제는 그의 지하 창고에서 압수된 다량의 가짜 그림들이었다. 감정에서 가짜로 판정을 했기 때문에 박삼수는 위작의 제조 및 보관의 죄를 범한 것이 되고, 검사가 이를 인지했으니 처벌하지 않을 수 없다. 남은 문제는 그 그림들을 어떻게 처분해야 하는가 하는 것이었다. 누구도 그 그림들을 불살라 없애버려야 한다고 생각하는 사람은 없었다. 하지만 법전은 그렇게 강요하고 있었다.

또 하나는 사건을 흐지부지 처리할 경우 자신에게 불어닥칠 후폭풍이었다. 언론들은 보나 마나 전문가도 아닌 검찰이 그림의 진위 판정 문제에 끼어든 것 자체가 어불성설이었다거나, 그림에 문외한인 검사가 사건을 맡음으로써 결국 미술판의 관계자들에게 놀아난 꼴이 되었다는 식으로 기사를 작성할 게 틀림없었다. 그건 자신의 자존심이 걸린 문제여서 용납하기 어려웠다. 가야 할 방향은 서서히 감이 잡히는데, 어느 길로 들어서야 할지는 여전히 오리무중이나 마찬가지였다.

3

구치소의 박삼수를 다시 검찰청으로 불렀다. 그는 여전히 자신이 판매한 그림들이 L화백과 P화백의 진품이라고 주장했다. 대화가 오갈수록 그가 단순히 그렇게 주장하는 것이 아니라 실제로 그렇게 믿고 있는 게 틀림없다고 생각되었다. 하지만 중요한 건 그의 신념이나 믿음이 아니었다.

"박 사장님의 지하 비밀창고에서 압수한 그림들이 위작이라는 감정이 나왔습니다. 알고 계시죠?"

"알고 있습니다."

박삼수는 전과 마찬가지로 대답을 머뭇거리는 적이 없었다.

"그 그림들이 위작이라는 데 동의하시나요?"

"아니요, 전혀 동의하지 않습니다."

"물론 박 사장님의 동의는 중요한 문제가 아닙니다. 제가 원하는 건 박 사장님의 솔직한 답변입니다."

"저는 답변할 게 없습니다."

"그렇다면 어째서 작가의 사인이 없는 그림들이 그토록 많은 거죠?"

"그 그림들은 아주 오래전부터 창고에 있던 것인데, 작가의 습작품이나 미완성작 등의 여러 이유로 저희 화랑에 흘러 들어오게 된 것입니다."

"여러 이유란 게 뭡니까?"

"그림을 처음 그린 사람, 처음 산 사람이 모두 지금 세상에 없으니 단언하기는 어렵습니다. 하지만 그림이 잘 그려지지 않을 때에도 화가는 먹고 살아야 하고, 그들의 생계를 책임진 화랑에서는 화가에게서 무엇이든 들고 나오게 되어 있습니다. 화가의 사후에 그 자식이나 가족들이 미완성작이나 습작품을 화랑에 넘길 수도 있고 말입니다."

들고 보니 화가의 사인이 있는 그림이라야 진품이고, 그렇지 않으면 가짜라는 등식은 전혀 성립될 수 없는 것일 터였다. 반대로, 작가의 사인이 아무리 분명하더라도 가짜 그림은 얼마든지 있을 수 있다는 것이다.

4

"박 사장님, 단도직입으로 묻겠습니다. 저희로서는 압수한 그림 일체를 범죄의 증거 및 준비물로 보아 모두 소각할 수밖에 없습니다. 이미 공식적인 감정이 끝났으니까요. 그래도 좋겠습니까?"

"끄응."

박삼수는 대답 대신 긴 신음을 토해내더니 서너 번의 심호흡을 한 뒤에야 겨우 입을 열었다.

"제가 감옥살이를 한다거나, 혹은 더 심하게 그 그림들을 검찰이 모두 압수한다고 해도 큰 상관은 없습니다. 하지만 그림들을 소각해서는 절대로 안 됩니다."

"왜죠? 이미 위조품으로 감정이 끝난 물건들일 뿐인데."

"죄송하지만 사람은 누구나 실수를 할 수 있다고 생각합니다. 검사님이든 저든, 모두 마찬가지입니다. 그런데 어쩌면 진짜일지도 모르는, 아니 저는 분명히 진짜라고 믿습니다만, 어쩌면 진짜일지도 모르는 그 그림들을 모두 소각해버리고 나서 그림들이 가짜가 아닌 것으로 밝혀지기라도 한다면, 그건 그 그림의 작가들은 물론 우리 화단과 문화계에 너무 큰 피해가 되지 않을까요?"

한대희도 속으로 염려하고 있는 지점이 거기였다. 만에 하나라도 판단에 잘못이 있다면, 그건 돌이킬 수 없는 실수, 아니 너무 커서 측정하기도 어려운 오점이 될 터였다.

"그럼 박 사장님 생각에는 어떻게 처리하는 것이 좋겠습니까?"

"저도 잘 모르겠습니다. 저야 법에 대해서도 잘 모르지만 법이 돌아가는 방식은 더욱 잘 모르니까요. 변호사와 상의를 해도 됩니까?"

변호사라고 뾰족한 수가 있을 리 없었다. 하지만 자기와 박

사장 둘이서 궁리하는 것보다는 셋이 궁리하는 쪽이 더 나을지도 모른다는 생각이 들었다.

5

이틀 후, 박삼수의 변호사로부터 전화가 걸려왔다.

"어제 의뢰인인 박삼수 사장을 접견하고 왔습니다."

"무슨 얘기를 하던가요?"

"검사님의 지금 고민과 걱정을 이해한답니다."

의외의 얘기였다. 그래서 저절로 조금 쏘아붙이는 말투가 되었다.

"피의자가 도대체 저의 무슨 고민과 걱정을 어떻게 이해한다는 얘기죠?"

"저희 의뢰인은 그림을 소각하지 않는다면 어떤 처벌도 감수할 의향이 있다고 합니다."

"어떤 처벌이든 받겠다? 다시 말해 혐의를 모두 인정하겠다는 뜻인가요?"

"그렇습니다. 다만, 그림을 소각하지 않는다는 전제로 말입니다."

박삼수의 처벌 문제는 이미 부차적인 것이 되어 있었다. 그보다는 그림을 소각하지 않고 그대로 박삼수 사장에게 돌려줄 수 있는 방법이 무엇인가 하는 점이 가장 큰 고민이었던 것이다.

"모든 처벌을 감수한다, 대신 그림은 소각하지 말아 달라, 그게 피의자의 최종 결심이란 말이죠?"

"그렇습니다."

변호사와의 통화는 그렇게 끝났다.

6

"제가 조사한 바로는 L화백의 아들에게도 혐의가 있습니다. 인정하시나요?"

L화백의 아들 얘기가 나오자 박삼수는 깜짝 놀라는 표정이었다.

"L화백의 아들이 아버지의 그림들을 저희에게 넘겼고, 저희는 정당한 보상을 했습니다. L화백의 아들이 왜 벌을 받아야 하는지 저로서는 이해하기 어렵습니다."

"L화백의 아들, 그러니까 이민우씨 역시 위조된 그림을 진품이라 주장했으니 공모죄가 성립됩니다."

"저와 공범이란 뜻입니까?"

"그렇습니다."

"그럼 제가 받을 벌은 무엇입니까?"

"김복남 교수는 고소를 취하하기로 했습니다. 그래서 명예훼손 건은 불문에 부칠 생각입니다. 하지만 위작을 만들어 유통시킨 혐의 전부를 없는 것으로 할 수는 없습니다."

"그럼 검사님께서 처벌 수위만 정하시면 되는 문제 아닙니까?"

"으음."

피의자인 박삼수와 최종 담판을 벌여야 하는 순간이었다.

"사건을 쉽게 마무리 지었으면 합니다."

"저도 원하는 바입니다."

"그러자면 박 사장님의 협조가 필요합니다."

"제가 어떤 협조를 해야 한다는 거죠? 변호사를 통해서도 말씀드렸지만 저는 그림만 무사할 수 있다면 어떤 협조든 할 용의가 있습니다. 제가 어떻게 하면 됩니까?"

"혐의를 인정하시면 됩니다."

"제가 그림을 위조해서 판매했다고 말입니까?"

"그렇게까지 할 필요는 없습니다."

"그럼 어떻게……?"

"나중에 법정에 가면 저 그림들이 이번 사건의 증거로 쓰일 텐데, 증거가 증거로 인정되기 위해서는 몇 가지 조건이 있습니다."

"그럴 테지요."

"가장 좋은 방법은 박 사장님이 저 그림들을 가짜라고 인정하는 겁니다."

"가짜임을 알고도 보관했다?"

"그렇습니다."

"제가 가짜라고 인정하면 저 그림들이 소각되는 거 아닙니까?"

"아니요, 그건 제가 어떻게든 막아보겠습니다."

"좋습니다. 저는 그림들이 무사할 수만 있다면 어떻게 되든 상관없습니다."

"알겠습니다. 그럼 그렇게 조서를 작성하지요."

한대희 검사는 컴퓨터를 켜고 박삼수와 처음부터 다시 대화를 시작했다. 공식적으로 기록되고 박삼수도 사인을 해야 하는 문서 작성이 시작된 것이었다.

7

"박삼수 사장이 자백을 했습니다."

김복남 위원을 불러 화상 박삼수의 자백을 알렸다.

"그가 자백할 이유가 없을 텐데요?"

"그렇게 결정해야 될 경우도 있습니다."

김복남은 박삼수의 자백을 끝내 믿으려고 하지 않았다. 지금 보면 자신의 주장이 옳다고 할 수도 없었다. 박삼수가 그림이 가짜라고 자백을 했다면 끝까지 지켜야 할 그림들을 버리는 결과가 되는 것이다. 김복남은 박삼수가 자신을 고소해서 자신도 박삼수를 고소해 여기까지 왔지만 그림이 진짜이든 가짜이든 그가 그림을 지켜주길 바랐다. 그림을 그린 자는 끝내 알려지지 않았다. 그것만은 조사장이 있을 때 일이라 박삼수가 알수 없다고 했다. 모르는 것은 사라진 사람에게 미루었다. 그린 사람을 모르는 가짜 그림을 두고 사건은 일단락됐다.

박삼수가 가짜라고 자백한 이상, 그의 처벌은 정해진 절차에 따라 이루어지면 그만이지만, 그림을 처분하는 일은 그리 쉬운 문제가 아니었다. 그림을 어떻게 할 것인가에 대해 의견이 분분했다. 박삼수를 처벌한 마당에 그림을 돌려준다는 것은 법리에 맞지 않는다는 의견도 있었다. 공매를 하여 국고에 귀속시키자는 자도 있었다. 한 검사는 김복남 위원을 불러 물었다.

"그림에 대해서 생각해보신 적이 있으신지요?"

"네?"

그는 예상치 못한 질문에 잠시 머뭇거렸다.

"김 위원께서 가짜 그림이라고 주장하시고 그린 자는 모르지만 박삼수 사장이 가짜라고 진술한 이상 태워버려야 되지 않겠습니까?"

한 검사의 말에 김복남은 깜짝 놀라면서 말을 받았다.

"안 됩니다!"

그러면서 전기 충격을 받은 자처럼 자리에서 벌떡 일어났다.

"왜 그렇지요?"

"그림에도 생명이 있답니다. 이번 일을 하면서 그걸 알았습니다."

"그러면 어떻게 하는 것이 좋을까요?"

김복남은 말없이 천정을 쳐다보다 시선을 내렸다.

"가짜든 진짜든 그림의 주인은 박삼수 사장입니다."

김복남은 그림의 주인은 박삼수라고 했다.

"검사님, 죄는 죄고, 그림을 박삼수 사장에게 돌려줄 방법이 없겠는지요?"

"고소인의 진정이 있으면 가능할지도 모릅니다."

"그리 해보겠습니다."

그림의 주인은 박삼수인 것이 분명하다. 그런데도 가짜라는 것 때문에 주인 없는 그림으로 여겨져 이리저리 능욕을 당하고 있다. 심지어 검찰청에 가두어놓고 마음대로 하려고 한다. 그림의 주인은 있다. 단지 가짜 그림이라 하여 아무렇게나 취급했던 것이다. 마음대로 가두고 번호를 매기고 관련 없는 자들이 와서 손가락질을 하며 킬킬거렸다. 그러면서도 하나쯤은 가지기를 원했다. 기자들은 무슨 별종이라도 본 것처럼 사진을 찍고 메모를 하고 갔다. 한 번 오면 될 것을 몇 번씩 오는 것을 보면 속내는 뻔하다. 그림을 한 장 갖고 싶은 것이다. 그런 상태로 방치하다간 어떤 일이 발생할지도 몰라 직원들에게 특별한 주의를 줬다.

8

사건에 대한 검찰의 최종 수사 결과가 발표된 후 정리된 기사가 신문에 실렸다.

L화백과 P화백의 가짜 그림으로 전시회 개최를 시도하고, 일부 그림을 거액에 유통시킨 사건을 적발한 검찰이 보강 수사 과정에서 위작으로 추정되는 유명 화가의 그림을 수십 점 새로 발견했다.

검찰은 추가로 확보된 작품들에 대한 '위작' 판정을 근거로 사건 관련자들을 사법처리하면서 국내 최대의 미술품 사기 사건으로 기록될 이번 사건을 일단락 지었다. 검찰은 이번 사건의 주범으로 국내 최대의 화랑을 운영한 화상 박삼수 씨를 구속 기소했다.

이에 앞서 서울중앙지검 형사7부 한대희 검사는 이 사건 핵심 인물인 박삼수 씨의 거주지를 압수수색해 위작으로 보이는 유명 화가의 작품 수십 점을 확보했다. 또 L화백과 P화백의 작품 중 일부를 경매에 내놓아 팔거나 작품전시회를 열어 수익을 챙기려 한 혐의(사기, 사기미수, 사문서위조)가 드러난 박씨를 구속 기소했다.

검찰에 따르면 박씨는 한 방송국에 위작으로 판명된 두 화백의 그림을 제시하고 "미발표작 전시회를 개최하자"며 계약금으로 수억 원을 받아내려 한 혐의도 받고 있다. 또 경매회사로부터 작품 감정을 의뢰받고 위작 판정을 내린 김복남 교수를 상대로 '작품을 위작으로 판정해 작가와 자신의 명예를 훼손했다'며 손해배상 소송을 내고 형사 고소한 점도 사기 및 무고 혐의로 공소 사실에 포

진짜와 가짜의 경계

함됐다. 그러나 박삼수 씨를 맞고소한 김복남 씨의 경우 최종적으로 고소를 취하했고, 따라서 박삼수 씨는 이와 관련된 처벌은 면하게 됐다.

검찰은 박씨가 가지고 있던 그림들을 진품이라고 주장해온 L화백의 아들도 사기 공범으로 판단했으며, 일본으로 출국한 그의 행적을 추적하는 한편 일본 검찰에 협조를 요청하기로 했다.

수사진은 컴퓨터그래픽을 이용한 분석과 탄소 연대측정 및 물감 성분분석, 필적 감정 등 과학수사 기법을 총동원해 그림이 모두 가짜라는 점을 밝혀냈다. 그러나 박씨가 그림이 위작이라는 사실에는 동의하지만 누가 그렸는지는 끝까지 밝히지 않아 법정에서 다툼이 계속될 전망이다.

검찰은 이 사건과 관련된 형사 재판에서 법원의 몰수 판결이 내려지면 가짜 그림들을 모두 소각하는 등 폐기하거나 없애지 않고 공익재단 등에 맡겨 '위작 전시회' 형태로 공익적 목적에 활용하는 방안도 검토하고 있는 것으로 알려졌다.

그림이 전하는 말

그림이
전하는 말

1

　사건이 종결되자 세간의 관심은 멀어졌지만 당사자인 박삼수는 교도소에 있고, 김복남 교수는 대학에 잘 나가고 있고, 한대희 검사도 검사실에서 일상의 업무를 맡아 처리하고 있었다. 그리고 또 한 사람인 L화백의 아들 일은 공연히 일본 경찰에 의뢰하느니 마느니 했지만 외국인이라는 것이 걸려 엉거주춤 꼬리를 말아버렸다. 그러나 당사자로서는 그대로 있을 수 없어 기자회견도 하고 한국 검찰에 장문의 탄원서도 보내왔다.

　검사님, 수사관님들 보십시오.
　저는 L화백의 아들 이민우라고 합니다. 제게 이번 사건의 흑백을 논할 자격이 있는지는 저도 잘 모르겠습니다. 하지만 저의 지난 이야기들이 이번 사건의 처리 과정에 혹여나 참고가 될까 하여 이 글을 보냅니다.

검찰이 박삼수 사장의 창고를 압수수색하던 날, 저도 근처에 있었습니다. 경찰들이 그 집을 에워싸고 있어서 가까이 접근조차할 수 없었지만, 멀리서나마 오랜 시간 압수수색의 과정을 모두 지켜보았습니다.

그러다 검사인지 경찰인지 모를 사람들이 내 아버지의 그림들을 들고 나와 차에 싣는 모습도 보게 되었습니다. 멀리서 보았지만 그건 분명히 제 아버지의 그림이었고, 그림을 보는 순간 아버지를 보는 것 같았습니다. 그 먼 거리에서도 아버지의 숨결이 그림에서 느껴졌다고 하면 믿으실 수 있을런지요…….

제가 보기에 검찰 직원들은 제 아버지의 그림을 조심성 없이 함부로 다루고 있었습니다. 마음이 아팠지만, 저는 아무것도 못 하고 보고만 있었습니다. 그 그림은 이제 저의 그림도 아니고 제 아버지의 그림도 아니었으니까요.

그 그림은 이미 제가 박삼수 사장에게 넘긴 것이었습니다. 언론과의 인터뷰에서도 밝혔듯이 그 그림을 박삼수 사장에게 넘긴 사람이 저고, 제가 그 그림을 박삼수 사장에게 팔았습니다. 이제부터 그 얘기를 해보려고 합니다. 조금 긴 얘기일 수도 있는데, 일단 참고 들어주시면 감사하겠습니다.

어린 시절과 관련하여 제게 남은 첫 기억은 어머니의 가출입니다. '엄마 찾아 삼만리'라는 동화가 있었는데, 어린 저는 그 동화의 이야기를 따라 엄마를 찾아가기로 마음먹고 집을 나섰지만 얼마 가지 못하고 무임승차로 잡히고 말았습니다.

동화 속의 주인공은 엄마가 가르쳐준 노래를 불렀지만, 저는 엄마가 한눈에 알아볼 수 있게 아버지의 그림을 목에 걸었습니다. 어머니가 아버지의 그림을 보면 멀리서도 알아볼 수 있으리라 믿었습니다.

아버지는 그림을 그리는 시간보다 술에 절어 지내는 시간이 더 많았습니다. 술을 이기지 못한 아버지는 점점 쇠약해져서, 마침내는 쉽게 그릴 수 있는 그림조차 열흘에 한 장도 그릴 수 없는 지경이 되었습니다.

조사장이 아침부터 와서 아버지의 그림을 기다릴 때도 있었습니다. 손님이 있으면 그림이 없고, 그림이 있으면 손님이 없는 악순환이 되풀이되었습니다.

건강이 나빠져서 그림 그리기가 어려워지자, 아버지는 하루에 두 번 버스가 다니는 시골로 이사를 했습니다. 담배 건조창이 딸린 집이었습니다. 아래채 한 칸을 화실로 썼고, 건조창은 쓸모없이 버려져 있었습니다.

아버지는 시골로 이사를 한 후에 한동안 열심히 그림을 그리셨습니다. 그러나 길이 먼 탓도 있었겠지만, 아버지는 자신의 그림이 팔려가지 않는 데 대한 초조함이 역력했습니다. 좋아지던 아버지의 건강이 초조함으로 다시 나빠지기 시작하자, 어떤 때는 자신감을 잃고 그린 그림을 모두 내다 버리라고 소리를 질렀습니다.

저는 아버지의 그림을 버리지 못하고 폐창된 담배 건조창에 모았습니다. 그곳은 습기를 타지 않아 그림을 보관하기에 좋은 곳이었습니다.

아버지는 어느 날은 미친 듯이 그림을 그리다가, 어느 날은 그린 그림을 찢기도 했습니다. 저는 찢어버리라는 그림을 아버지 몰래 건조창에 숨겼습니다.

아버지는 점점 기운을 잃어 새로운 영감을 찾을 수 없었는지 그렸던 그림만 되풀이해서 그리고 있었습니다. 소 그림만 수십 장을 그릴 때도 있고, 새 그림만 몇 날 며칠을 그릴 때도 있었습니다.

쌀독이 비어갈 때가 되면 조사장이 양식과 돈을 들고 찾아왔고, 그 사이 그려진 그림 중 몇 점을 골라서 가져갔습니다.

"아이 애미 소식은 없었소?"

아버지는 조사장이 올 때마다 어머니의 소식을 물었지만 조사장은 아무런 대꾸를 하지 않고 그림만 가지고 돌아갔습니다.

"기운을 차려야 그림도 그릴 게 아니오?"

조사장은 아버지의 건강보다 아버지의 그림이 더 걱정되는 것 같 았습니다.

새로운 화가들이 등장하면서 아버지의 그림을 찾는 고객이 드물 어져 갔습니다. 사람들은 깔끔하고 큰 그림을 선호했는데 아버지는 여전히 작고 어두운 그림만 그리고 있었습니다. 세상에서는 화려한 색상으로 그린 그림들만 팔려 나갔습니다.

세월이 흘러도 어머니의 소식은 알 길이 없었습니다. 저는 아주 긴 세월이 흐른 뒤에야 어머니가 외가인 일본으로 돌아갔다는 것을 알 았습니다. 그때 저는 어머니 찾는 일을 포기했습니다.

끝내 아버지가 그림을 그릴 수 없게 되자, 저는 조사장이 올 때가 되 면 건조창에 있던 그림을 몇 점 골라내어 화실에 놓아두곤 했습니다.

아버지의 그 그림들을 가져간 조사장은 모사(模寫)를 잘하는 사람 을 시켜 아버지의 그림에 덧칠을 해 화려해지도록 꾸몄습니다. 어두 운 아버지의 그림이 아니라 힘차고 밝은 색상으로 그려진 아버지의 그림이 그렇게 팔려 나가기 시작했습니다.

본래의 화풍을 유지하면서 깔끔하게 그려진 그림이 선풍적인 인기 를 얻으면서 그림값이 치솟았습니다. 지난 그림들은 어디론가 사라 져 버리고 고쳐진 그림이 시장에서 자리를 잡고 있었습니다. 이 일 을 알게 된 아버지는 조사장에게 화를 냈습니다. 그러는 바람에 조

동학사 가는 길

사장이 한동안 오지 않았습니다. 아버지도 그 일이 있은 후 완전히 붓을 내려놓고 더는 그림을 그리지 않았습니다.

그러던 어느 날, 아버지는 제게 심부름을 시키셨습니다. 조사장에게 가서 화구며 물감, 얼마의 돈을 받아 오라는 것이었습니다. 저는 서울로 가서 조사장에게 아버지의 청을 전했습니다.

그날, 그러니까 아버지의 심부름으로 조사장의 화랑에 찾아갔던 그날 저는 조사장의 아들이지만 조씨가 아닌 박삼수를 처음 만났습니다.

아버지는 언제 그랬냐는 듯이 털고 일어나서 그림에 몰두하기 시작했습니다. 이제까지의 그림과는 달리 밝은 색조의 그림이었습니다. 이번에 가져온 물감은 색감이 전의 것과는 조금 달랐습니다. 화구나 물감이 하루가 다르게 좋아지던 시절이었습니다. 그렇게 새로운 화구와 물감으로 그린 아버지의 그림들이 몇 점 쌓여갔습니다.

조사장은 아버지의 기력이 회복되는 것을 보고 기뻐했습니다. 실은 아버지의 기력 회복보다 그림이 밝아진 것이 더 기뻤을 것입니다. 아버지의 그림을 본 조사장이 말했습니다.

"바로 개인전을 준비하겠소."

그렇게 말하는 조사장 옆에는 박삼수도 나란히 함께 서 있었습니다.

전시회 내내 아버지는 제가 보아도 신기할 정도로 의연함을 잃지 않았습니다. 신문기자들이 인터뷰를 하고 많은 사람들이 구경을 왔습니다. 높은 관료들도 비서를 데리고 관람을 하러 왔었습니다. 조사장은 역시 유능한 화상이었습니다. 기대보다 많은 사람들이 관람을 왔고, 그림도 높은 가격에 거의 팔려 나갔습니다.

전시회가 끝나면 무대에서 내려온 배우와 같이 화가의 마음은 허전해집니다. 아버지는 전시회가 끝나고 시골집으로 돌아온 다음 날부터 자리에서 일어나지를 못했습니다.

눈이 많이 내렸던 어느 아침, 아버지는 기침을 하지 못하셨습니다. 해가 중천에 이를 때까지 일어나지 않으셨습니다. 그러고 있는데 삼촌이 찾아왔습니다. 삼촌이라지만 피가 섞인 삼촌이 아니라 그냥 그렇게 불렀습니다. 한때 아버지 밑에서 심부름을 하며 그림을 배우던 사람인데, 결국은 화가가 되지 못하고 황학동에서 싸구려 그림을 매매하는 낡은 가게를 하고 있다고 했습니다. 그가 아버지를 둘러업고 눈길을 달려 읍내 병원에 닿았을 때, 아버지는 이미 눈사람이 되어 있었습니다. 차가워진 아버지의 등 위로 차가운 눈이 덮이고 쌓였더랬습니다.

그렇게 아버지가 돌아가시고 얼마 있다 조사장이 박삼수와 함께 찾아왔습니다. 사람만 온 것이 아니라 아버지의 예전 그림들도 한 보따리 들고 왔습니다. 아버지가 그린 처음의 그림보다 밝고 환해진 그림들이었습니다. 조사장은 그 그림들을 배경으로 사진 촬영을 하자고 했습니다. 사진사가 큰 사진기를 가지고 와서 사진을 여러 장 찍었습니다. 죽은 아버지는 더는 그림을 그릴 수 없지만, 그 아들에게는 아버지의 그림이 남아 있을 거라고 세상은 믿고 있었습니다.

실제로도 제게는 몇 점의 그림들이 있었습니다. 아버지가 태워버리라고 고함을 지르며 내던진, 하지만 제가 창고에 몰래 숨겨둔 그림들 말입니다. 폐창에 있는 그 그림들은 그러나 미완성이거나 은박지나 하드보드에 그린, 상품 가치가 전혀 없는 그림들이었습니다. 그래서 그때는 조사장에게 그 그림들 이야기를 할 수 없었습니다.

아버지가 죽고 몇 년 뒤, 아버지의 그림값은 엄청나게 올라 있었습니다. 시중에서 거래되는 아버지의 그림 중에는 조사장이 다른 사람을 시켜 고쳐 그린 그림이 많았습니다.

그렇게 아버지의 그림값은 천정부지로 올랐지만 저는 살길이 막막한 형편이었습니다. 누구도 찾지 않는 시골집에서 배를 곯을 지경에 처해 있었던 것입니다. 그때 창고에 남은 그림 생각이 났고, 아버지의 이름값이 있으니 충분히 호구의 대책이 되리라고 생각했습니다. 어리석은 생각이지만 하여튼 그때는 그런 생각밖에는 할 수가 없었습니다.

조사장의 화랑을 찾기가 거북해서 인사동의 눈에 띄는 한 화랑에 무작정 들어갔습니다. 그리고 아버지의 이름을 말하고 그림들 몇 장을 주인에게 보여주었습니다.

그리고 그날 저는 잘못하면 경찰서에 잡혀갈 뻔했습니다. 화랑 주인이 저 몰래 경찰에 신고를 했고, 출동한 경찰이 위작을 팔러 다니는 사기꾼으로 저를 체포하러 나타났던 것입니다. 다행히 제가 실제로 아버지의 아들이란 것이 밝혀져 체포는 면했지만, 너무나 부끄러워 얼굴을 들 수가 없었습니다.

"애비 얼굴에 똥칠을 하는구나, 아주."

화랑 주인이 제 뒤통수에 대고 하던 말을 지금도 잊을 수가 없습니다.

며칠 후, 저에 관한 소문을 들었던지 조사장이 박삼수와 함께 다시 시골로 저를 찾아왔습니다. 그 무렵 저는 폐결핵 진단까지 받고 와병 중이었습니다. 너무 일찍 세상의 끝에 다다랐다는 비감에 치료는커녕 술로 하루하루를 연명하고 있었습니다. 돌아가신 아버지가 아니라 어릴 적 흐릿한 기억으로만 남은 어머니가 너무나 보고 싶었습니다.

저는 창고를 열어 조사장에게 아버지의 그림들을 보여주었습니다. 하지만 그의 반응은 시큰둥했습니다. 작고 보잘것없는 그림들이 대부분인 데다가, 아버지의 사인도 없는 것들이 태반이었습니다. 하지만 그는 그 그림들을 어떻게 처리하면 비싸게 팔 수 있는지, 경험을 통해 이미 자세히 아는 사람이었습니다. 그림을 밝고 화사하게 고치는 것은 물론 아버지의 사인을 그려 넣는 일 정도야 식은 죽 먹기였을 겁니다.

조사장은 그 그림들을 몽땅 차에 실었습니다. 이튿날 박삼수가 한 다발의 돈뭉치를 들고 다시 저를 찾아왔습니다. 저는 그 돈으로 비행기표를 사고, 호텔을 예약하고, 일본으로 어머니를 찾아 떠날 수 있었습니다.

참으로 난감한 일이었다. 이미 법적 처리가 끝난 사건인데, L 화백의 아들이 보낸 탄원서에서는 의외로 진정성이 느껴졌다. 법적으로 따지자는 것이 아니라 그만이 알고 있는 정황을 기술한 것이었다.

2

또 하나의 일이 생겼다. 일이라기보다는 프랑스 에펠탑이 그

려진 우표가 붙은 편지가 한대희 검사 앞으로 온 것이다. 편지
는 육필로 쓴 것이었다.

"고국을 떠난 뒤 많은 시간이 흘렀습니다. 제 신분을 밝히지 못함
을 양해해주시기 바랍니다. 전쟁 직전에 자유를 찾아 북에서 남으
로 왔다가, 종국에는 그마저 빼앗기고 고국을 떠나 유랑하는 가련
한 인생일 뿐입니다. 그럼에도 검사님께 꼭 당부드릴 말씀이 있어
이 편지를 보냅니다.

이 글을 보내게 된 것은 박삼수와 관련된 일 때문입니다. 신문에
난 기사 중에 염려스러운 일이 있어 간곡한 부탁을 올리려고 합니
다. 너무 주저하는 바람에 이미 시기를 놓쳤는지 모르지만 한 가닥
희망을 가지고 용기를 내어 펜을 들었습니다.

지금 검찰에서 보관하고 있는 박삼수와 관련된 그림들에 관하여
우선 진위 여부는 접어두고자 합니다. 저의 평생 꿈은 L화백과 P화
백 두 분의 작품을 소중히 간직했다가 미술관을 만드는 것이었습
니다. 그러나 예기치 않은 일로 한국에서 살지 못하는 처지가 되어
모든 것을 정리한 뒤 떠나야 했습니다.

거두절미하고 부탁드릴 말씀은, 이미 결론이 난 일이니, 그림들이
진짜든 가짜든, 원래 소유자인 박삼수에게 돌려주시면 감사하겠다
는 것입니다. 그림마다 생명이 있다고 저는 생각합니다. 그 생명을

화상이든 누구든 함부로 취급해서는 안 된다는 것이 또한 저의 생각입니다. 박삼수가 그 그림들을 판매하여 부당한 이득을 취하려고 한 것이 아닌 이상, 범죄의 가능성이 있다는 이유만으로 그 그림들을 세상에서 지워버려서는 안 될 것입니다. 저는 법도 잘 모르고 박삼수가 구체적으로 어떤 죄를 지었는지도 잘 모르지만, 그림이 멸실되지 않고 살아남기 위해서는 박삼수에게 돌아가야 한다고 생각합니다. 아주, 아주 중요한 일이기에 저는 저의 생명에 관한 문제가 노출될지도 모르는 위험을 감수하면서 이 편지를 쓰게 되었습니다. 그림을 살려달라는 부탁은 어느 누구의 이익을 위한 것이 아님을 참작해주시기 바랍니다. 저의 소망이 이루어지길 간절히 기도하겠습니다. 감사합니다. 제가 알고 있는 성북동 지하 금고의 비밀번호는 38383812입니다."

사라진 조사장이 보낸 것이라고 밖에는 생각할 수 없는 한 통의 편지가 온 것이었다. 편지를 보낸 자는 자기가 누구라고는 전혀 언급하지 않았는데, 조사장이 아니고는 쓸 수 없는 내용이 몇 군데 보였다. 특히 성북동 지하 금고의 비밀번호를 아는 자는 박삼수 외에 조사장밖에 없기 때문이었다.

3

　돌이켜 보면 이 사건을 다루면서 중요한 대목을 놓친 부분이 있었다. 정녕 들고 일어나야 할 국내 구매자와 일본인 구매자는 경매회사나 그림 위탁인에게 위작 판결을 근거로 매매 행위에 대해 무효를 주장하며 지불한 그림 대금을 돌려달라고 요구해야 할 텐데, 매수인들은 그런 이의를 제기하지 않았다. 가짜니 진짜니 하는 사이에 P화가의 그림은 고액으로 거래되어 해외로 흘러가 버리고 말았다. 더구나 가짜라고 판명이 난 마당에 팔려 나간 가짜 그림에 관심을 가지는 자가 없었다. 이는 검찰에서도 마찬가지였다.

　외화가 국외로 유출되는 경우는 제재가 있으나 국내로 유입되는 경우는 별다른 제재가 없다. 그러나 진짜인 경우라면 문화재급 그림이 해외로 유출되었으니 상당한 외화가 국내로 유입된 것과는 별개의 문제였다. 그림 거래의 관례상 매수인의 신분은 밝히지 않는다. 더구나 북새통이 나고, 외신으로도 보도된 사건임에도 불구하고, 매수인은 침묵을 지켰다. 그림값으로 지불한 돈의 금액으로 보아 그러고 있을 사안이 아니었다.

4

 자기가 받은 형사처벌에 대해 이의를 제기하지 않으면 형이 확정되고 그것으로 사건은 끝난다. 즉, 당사자가 자신의 죄를 인정하는 것으로 최종 결론이 내려지는 것이다. 박삼수는 검사의 공소 사실에 대해 시인했고, 그에 대한 이의를 제기하지 않았다.

 이로써 박삼수 사건은 마무리가 되었다. 하지만 한대희 검사에게는 남은 문제들이 몇 가지 있었다. 우선 조사장이 보낸 걸로 추정되는 편지 문제였다. 그림을 박삼수에게 돌려주기를 간청하는 편지를 보낸 자가 죽은 줄로만 알고 있던 조사장이라면, 이제까지 그가 판단했던 그림에 대한 진위는 바뀔 수도 있는 것이었다. 조사장이 육필로 쓴 편지는 신빙성이 있다고 여겨졌다. 그가 법정에 나와 증언이라도 한다면 어떻게 될까? 물론 이 편지의 법적 효과는 미지수다. 그러나 이미 사건은 종결되고 박삼수는 형을 살고 있는 형국이다. 그리고 L화백의 아들 이민우의 탄원서 내용도 박삼수의 기억과 거의 일치하는 걸로 보아 믿지 않을 수 없을 것 같았다.

5

한 검사는 가만히 있을 수 없어 교도소로 박삼수를 만나러 갔다.

"교도소 생활이 생각보다 쉽지 않지요?"

"잘 적응하고 있습니다."

편지를 내밀었다. 편지를 읽어 내려가던 박삼수의 손이 떨리기 시작하더니, 마침내 큼직한 눈물 방울이 그의 눈에서 떨어졌다. 눈물을 닦을 생각도 않는 그에게 한 검사가 말했다.

"날 용서할 수 있겠소?"

박삼수는 한 검사의 말에 대답도 않고 천정만 보고 한참 있었다. 멍하니 있던 그가 입을 열었다.

"그보다 이 편지를 어찌하실 작정이십니까?"

"어찌했으면 좋겠소?"

"이 편지만으로 저는 모든 것을 감수할 수 있습니다."

"내가 사건 처리를 잘못했소."

"누군들 알 수 있는 일이 아니었습니다."

"잘못되었소."

"조사장께서 살아 계시는 걸 알게 된 것만으로 족합니다."

잠시 침묵이 흘렀다. 누구든 잘못을 솔직히 시인한다는 것은 어려운 일이다.

"어떻게 속죄를 해야 할지 모르겠소."

"그러지 마십시오. 저는 괜찮으니 그림만이라도."

"최선을 다하겠소."

"조사장 님을 위해서라도 더 이상 사건을 들추지 말았으면
합니다."

접견실을 나서는 한 검사에게 박삼수는 몇 번이고 감사하다
는 말을 하면서 허리를 굽혔다. 그러는 그의 눈에서는 눈물이
멈추지 않았다.

참으로 박삼수에게 미안했다. 진심으로 그에게 사과했지만
그것만으로 될 일이 아니었다. 허나 이미 돌이킬 수 없는 일이
되어버렸다. 사건 처리가 끝난 지금은 세간의 관심에서도 멀어
져 있었다. 관중은 흩어지고 배우들만 남아 무대를 서성이고
있을 뿐이다. 귀에서 종소리가 났다.

무엇이 소중한가?

우리가 소중히 여겨질 것은 무엇인가?

구체적 행동으로 사수하지 않으면 그것들을 잃어버리고 만
다. 유형의 것이든 무형의 것이든 목숨을 바쳐 사수해야 한다.

일상에서 목숨을 바쳐 소중한 것을 지키려고 했던가?

무엇이 소중한 것이라는 것을 모르고서야 어찌 지킬 수 있겠는가?

그런데 어느 것이 진짜고, 어느 것이 가짜인지 모르고 있었다.

누가? 검사가!

그러나 알아야 했다. 누가 그린 것이라고 해서 소중한 것이 아니라 존재한다는 것만으로 소중하다. 자각하고 자성하지 않으면 비참한 인간이 된다. 누가 비참하게 만드는 것이 아니라 스스로 비참하게 된다.

그것은 슬픈 일이다.

편지가 한 검사를 슬프게 했다.

6

박삼수에게 갔다가 돌아오는 길에 갑자기 그 그림들이 보고 싶어 증거물 보관실에 들렀더니 촬영을 하느라 그랬는지 그림들이 이리저리 흩어져 있었다. 우선 L화백의 흩어진 그림들을 챙기면서 찬찬히 들여다보았는데, 그림에서 낮은 목소리로 이

야기가 들리기 시작했다.

외로운 이국땅에서 한 여인을 만났다. 아름다운 여인이었다. 서로 사랑하는 사이가 되고, 아이를 낳았다. 그러나 나는 곧바로 여인을 떠나 그림의 세계로 돌아가 버리고 말았다. 깨어졌다. 그리고 흩어졌다. 내가 뒤를 돌아보았을 때는 모두가 떠난 뒤였다.

나는 그림을 그리지 않고는 살 수 없었다. 몇 해 전 개인전을 열었던 순간을 잊을 수 없다. 그림도 다 팔렸고 신문에도 나고 행복했었다.

그러나 행복은 순간이었다. 요즈음 와서는 아무 때나 그림이 그려지지 않아 불안하다. 작품이 나오는 시간이 점점 길어지고 있다.

이러다가 영원히 그림을 못 그리게 되는 것은 아닐까?

화가가 그림을 그릴 수 없는 것만큼 큰 불행은 없다. 마음의 바닥에서 불안이 음침하게 배회하고 있다.

오랜만에 정신이 맑아 그림을 그릴 수 있었다. 아들과 함께 놀고 싶다. 아이는 아비와 함께 논다. 아이도 행복하다는 표정이다. 아이는 너무 재미있어 거꾸로 서 있고 아비는 아이의 재롱을 보면서 행복하다. 가구도 없고 장식도 없는 가난한 살림이지만, 아이도 아비도 행복하다. 그날은 나와 아들이 노는 그림만 그리고 또 그렸다.

아들에게 소를 한 마리 사 주면 안심이 될 텐데, 그럴 능력이 없다. 한 마리의 소만 있으면 부자인데, 이 세상에서 제일 부자인데……

그것도 살찐 소면 오죽 좋으랴!

평생 이렇게 살찐 소 한 마리 가졌으면 좋으련만, 그렇게 될 수 있을까?

소만 그렸다.

'아들아! 이 소 그림을 잘 간직하면 진짜 소 한 마리는 살 수 있을지 모른다. 내가 너에게 줄 수 있는 것은 이것뿐이다. 나는 그림을 그리는 것 외에 아무것도 할 수 없는 무능한 아비란다. 너무 가난하게 키워서 미안하다. 용서해다오.'

한 장의 종이에는 한 마리의 소밖에 그려지지 않는다. 그래서 욕심이 나서 소만 계속 그려댄다. 그리고 또 그려도 마음에 들지 않는다.

'이왕 줄 바엔 힘세고 살찐 소를 주어야지.'

마음이 급해져서 물감이 마르기 전에 덧칠을 하니 색이 섞여버린다. 선이 마르지 않은 물감끼리 섞이면서 그어진다.

왠지 캔버스는 낯설었다. 종이가 변하지 말라고 아교를 칠해 말렸다. 마분지에 배색을 해두고 마르면 그림을 그렸다. 배색은 대분하여 다른 색으로 칠해두면 족했다. 그리고 그 위에 유화물감이 잘

묻도록 안료를 발랐다. 안료가 마르는 동안에 낮잠을 잤다.

그리다 만 소 꿈을 꾸었다. 그래도 횡재의 꿈이다. 횡재가 조금 빨리 왔으면 좋겠다. 소 걸음이 느리니 횡재가 오기는 오겠지만 언제 올지는 모르겠다. 보리밥이라도 실컷 먹여 통통하게 살이 찐 아들의 모습이 보고 싶다. 그림 속 아이만큼이나 살찐 아들과 함께하고 싶다. 이 그림처럼 말이다.

어디론가 가버린 아내와 함께 행복하게 살고 싶었다. 창공에 나는 새도 저토록 다정한 정을 나누는데, 내게는 아무도 없다.

'나는 정말 너희 엄마를 사랑했단다. 지금도 얼마나 사랑하는지 나의 가슴을 헤집어 보여주고 싶구나. 사랑하는 아들아!'

새 두 마리가 창공에서 입을 맞추고 있는 그림을 그렸다. 암수 한 쌍이리라. 날개를 퍼덕이며 창공에서 조우하고 있는 그림이다.

나는 외로웠다. 이 세상에 덩그러니 혼자였다. 차라리 사람이 아닌 새가 되었더라면 푸르른 창공에서 두 마리의 새처럼 이렇게 입맞춤 했으리라!

그래도 원색은 사용하기 싫었다. 내가 가장 싫어하는 것이 원색으로 그린 그림이다. 세상에 원색은 존재하지 않는다. 그러나 인간은 물감으로 원색을 만들었다. 나는 절대 원색을 쓰지 않는다.

원죄의 멍에가 둘을 갈라놓았다. 신은 자신도 모르는 원죄의 대가를 요구하고 있었다.

그러나 혹자는 사랑과 자비의 신이라고 했다.

'하느님, 저도 아이와 함께 살찐 소를 먹이며 한 여인과 입맞춤하며 행복하게 살게 해주소서!'

7

자비를 바라는 청원이 아니고 절규다. 가슴 깊은 곳에서 무언가 울컥 솟아오르는 것 같더니 눈물이 솟는다. 한대희 검사는 눈물이 앞을 가려 다음 그림을 보기가 어렵다. 맑은 눈으로 보는 그림과 눈물이 가린 눈으로 보는 그림은 다르다. 그림들이 돌탑 되어 그를 둘러싸고 있다. 장엄한 사찰 한가운데 서 있는 것 같다.

L화백의 그림 반대쪽에 있는 P화백의 그림 쪽으로 다가갔다. 오늘따라 P화백의 작은 그림들이 더욱 작게 보인다. 흩어진 그림들을 정리하려 드니, 가벼울 줄 알았던 작은 그림들이 돌덩이처럼 무겁게 느껴진다. 비가 세차게 창을 때리고 있었다. 그림이 빗소리에 떨린다. 그러자 그림에 묻어 있던 이야기가 떨

어져 나온다.

먼 훗날 아이들이 행복하길 바라면서 오늘은 종일 그림을 그렸다. 나무젓가락으로 물감을 묻혀 한 점 한 점 그려가며 소원을 빌었다.

다행히 미스터 조가 고국으로 돌아가는 장병들에게 한국전쟁의 상흔이 담긴 나의 그림을 몇 점 팔아주었다. 미스터 조는 미 군속의 스미스에게 그들의 그림에 대한 자문을 받아 흰색 유화물감을 건네며 그림을 그려달라고 했었다.

다른 화가들에게도 그림을 부탁했지만 흰색 유화물감만으로 그림을 그려낼 사람이 없었다. 색을 낸다 해도 흰색이 섞이면 질감의 깊이를 상실해버린다. 그래서 나는 단청에 쓰이는 광물 안료를 구해 색을 내보았다. 색의 질감이 살아났다.

그때 얼마나 기뻤는지 모른다. 화가가 원하는 색을 얻을 수 있다는 것은 행운이다. 흰색의 약점을 죽이기 위해서 약간의 검정을 섞는 경우도 있고 고동을 섞는 경우도 있다. 색도 숨을 쉰다는 것을 알아야 한다. 그리고 나의 그림에는 비밀의 재료가 들어갔다.

뼛가루가 섞인 물감이 하드보드에 칠해지자 그림의 질감이 놀라울 정도로 달라졌다. 나는 나의 그림이 돌과 같이 될 줄 몰랐다. 돌로 쌓은 탑의 심연한 곳에 사리함이 간직된 연유를 알 수 있었다. 그 그림을 그리고 나서야 나는 화가로서의 생이 무엇인지도 알 수 있었다.

전쟁터에 나가는 군인들의 초상화를 그릴 때는 그림이 마음에 들면 가진 돈을 몽땅 주는 군인도 있어 수입이 좋았다. 초상화는 미군부대의 작은 창고에서 그렸는데 미스터 조가 관장하고 있었다. 화가들은 그림값의 3분의 1밖에 받지 않았지만 이곳에 들어가려면 미스터 조가 치르는 관문을 통과해야 했다. 그림을 잘 그리지 못하면 영외에 있는 화가들에게 손님을 빼앗기기 때문이었다. 그러다 보니 가장 우수한 화가들이 영내에서 초상화를 그리고 있었던 셈이다.

전쟁이 끝나자 화가도 손님도 흩어졌다. 포연이 자욱한 전쟁의 상흔이 금방 지워지지 않았다. 내가 초상화를 그려준 젊은 병사들 중엔 전쟁이 끝났는데도 돌아오지 않는 자들이 많았다. 수많은 젊은 영혼들이 초상화만 남기고 포연과 함께 사라져 갔다. 너무나 많은 젊은이들이 그렇게 사라져 갔다. 나는 내가 그린 그들의 모습을 지워버릴 수가 없었다. 어찌 그리 사라진 자들의 얼굴만 새겨지는지. 그래서 내가 그리는 그림에 그들의 영혼을 담아, 평화롭게 천국으로 가라고 빌고 싶었다.

동학사 가는 길

천국의 색깔은 무엇일까?

억만 년 전의 마그마가 식은 화강암의 무늬가 떠올랐다. 지구도 오래전에 우주에서 날아온 하나의 별에 불과할 것이리라. 변하지 않는 화강암에 무사귀환이라는 그들의 소원을 담고 싶었다.

흰색의 유화물감에 안료를 섞고 하드보드에 배색을 칠하니 표면이 매끄럽게 칠해질 리가 없었다. 그 표면은 화강암을 깬 표면 같았다.

전쟁이 끝나 평화로운 빨래터에서 빨래하는 아낙네들의 모습을 보며 돌아오는 그들을 기원했다. 살아 돌아온 그들은 그들의 소망이 담긴 그림을 보고는 귀국의 짐 보따리에 담아 가지고 갔다.

미처 가져가지 못한 병사들이 고국에서 자리를 잡자, 죽음의 산하에서 돌아온 기억을 간직하고 싶어 나의 그림을 찾았다. 그들이 나의 그림을 다시 찾았을 때, 나는 절망하고 지쳐 있었다.

사랑하는 아들아!

내가 그리다 팽개친 그림을 네가 완성시키는 걸 본 아비는 행복했단다. 누가 뭐래도 우리 둘이 완성한 훌륭한 그림이란다. 아무리 유능한 재주를 가진 자도 시간이 가고 한계에 다다르면, 그것이 자신의 것이 아니라는 것을 알게 된단다.

나는 선을 먼저 그리고 공백을 메웠지만 아들은 공백을 먼저 메우고 선을 그리더구나. 어느 것이 옳다고 할 수는 없지만 오랜 시간이 지나면 그림이 갈라질지도 모른단다. 네가 그려놓은 그림에 내가 몰래 틈을 메웠단다.

학교 앞 화방에서 쉽게 유화물감을 구할 수 있는 시절이 금방 왔단다. 화려함이 화랑을 누비고 그림 시장을 점령하자 나의 무력감은 더해만 갔다. 아무도 나의 그림을 찾아주지 않았지. 어두운 전장의 추억이 담긴 나의 그림을, 사람들은 이방인 같이 따돌리기 시작했단다.

예술이란 무엇인가?

인생은 무엇인가?

아비는 심한 몸살을 앓았단다.

사랑하는 아들아!

사진은 꿈을 찍을 수 없지만 화가는 꿈을 그릴 수 있단다. 나의 그림은 나의 꿈을 그렸단다. 꿈의 그림에서는 멀고 가까운 것을 표현할 필요가 없다. 원근법이 필요 없다는 말이다. 꿈은 평면이다. 복잡한 차원을 요구하는 것이 아니라 형상만 있으면 족하단다. 그래서 나의 그림에는 원근이 없다. 평면으로 존재하는 꿈의 그림이란다.

전쟁은 많은 생명을 앗아갔다. 그들의 영혼을 달랠 진혼곡은 허공에서 흩어져 버리지만 나의 그림은 점점마다 영혼들의 자국이란다. 그들이 있었기에 지금 우리가 누리는 평화가 있는 것이다. 우리는 무엇을 바라는가? 바랐던 것이 이루어지면 행복할 것인가?

외국의 많은 젊은 군인들이 전장에서 죽었다. 그들은 어디로 갔을까? 돌아오지 않은 그들의 모습이 그림에 실려 고향으로 갔단다.

P화백은 미군부대에서 전장으로 가는 병사들의 초상화를 그려주고 있었다. 연일 전사 소식만 들려오는 전장으로 가는 병사들은 자신의 초상화라도 남기고 싶어 했다. 미국의 부모님에게 자신이 돌아가지 못하면 자신의 초상화라도 돌아가길 바랐다. 여러 화가들이 초상화를 그려댔지만 손님은 항상 밀려 있었다. 죽음을 두려워하지 않는 자는 없었고, 두려움은 많은 대가를 기꺼이 지불하게 했다. 실제로 돌아올 수 없는 강을 건너간 전사자들의 유품 중에서 초상화는 가장 귀중한 것이었다.

전쟁이 끝나자 초상화를 그리려는 손님이 없었다. 이제 그들은 죽을 염려가 없었기 때문에 화가들의 일거리가 없어져 버렸다. 더 이상 초상화는 필요 없었지만, 그들은 생환을 자축할 만한 전리품이 필요했다. 참전 용사들에게는 수많은 전우들이 목숨 바쳐 지킨 이 땅에 대한 의미가 남달랐다. 살아서 돌아가는 그들은 무언가를 가지고 가고 싶었다. 그러나 전쟁이 끝난

땅에는 아무것도 남아 있지 않았다. 적군과 아군은 서로 모든 것을 없앴다. 전쟁은 모든 것이 사라지고 나서야 끝났다.

흰색의 물감을 사용한 그림은 색감으로 원근을 표현하기가 어렵다. 그래서 화가는 자신의 그림에서 원근의 표현을 포기했다. 초상화 화가들을 거느리던 군무원 미스터 조가 깡통에 든 흰색 유화물감을 주면서 그림을 그려달라고 했다. 그는 흰색 유화물감에 안료를 섞어 색은 내었지만 흡족하지는 않았다. 모두의 뇌리에 자욱한 포탄의 연기가 남아 있을 때였다.

전장터였던 산천에는 이름 모를 병사들의 사체가 여기저기 버려져 있었다. 사람들은 버려진 사체가 있는 계곡이나 숲에 발걸음을 하지 않았다. 나름대로 그들을 거두었다고 하나 그들을 돌볼 겨를이 없었다. 벌레와 곤충들이 그들을 백골로 만들었다. 그뿐만 아니라 땅에 묻힌 많은 사체들이 폭우에 드러나곤 했다. 뼈들이 산천에 뒹굴고 있었다.

절구통에 작은 뼛조각을 넣고 빻았다. 의식적으로 한 것이 아니었다. 조금, 아주 조금 물감에 섞었다. 그림을 그리니 놀랍게도 질감이 살아났다.

뿌연 포연이 끼인 배경에 아기를 업고 있는 소녀의 그림이 그려졌다. 전쟁은 나무들마저 죽였다. 그런 가운데도 포연 사이로 은백양나무가 자라고 있었다. 아이를 업고 있는 소녀가 은백양나무 사이에서 서성인다. 수수한 공주같이…….

긴 전쟁이 끝나 평화가 찾아온 마을의 개울가에서 빨래하는 아낙네의 모습은 그들의 뇌리에 영원히 간직하고픈 평화로운 모습이었다. 병사들은 빨래터에서 빨래하는 아낙네들의 모습을 보며 비로소 전쟁이 끝났음을 알았다.

마음에 담고 있는 이야기를 그림에 담아 그리고 싶었는데, 색색의 유화물감을 구할 수 없었다. 물감을 희석시키는 기름도 없었다. 수채화를 그리는 붓으로 그리려니 모(毛)가 한꺼번에 유성물감에 묻어 빠져버렸다.

무엇으로 그림을 그릴까 망설이는데, 젓가락이 눈에 띄었다. 나무젓가락에 물감을 묻혀 한 점씩 그렸다. 점을 찍기도 하고 밀어내기도 하면서 춤을 추듯이 그림을 그려나갔다. 종이에 그리는 그림과 달리 하드보드에 그리는 그림은 질감이 달랐다. 무엇보다 그림이 오래 보존된다니 흡족했다.

그는 차츰 물감과 하드보드에 익숙해져 가고 있었다. 작지만 정감이 있는 그림이었다. 전장에서 있었던 숱한 사연들이 담긴 그림이다. 사라진 병사가 숨어 있는 그림이었다. 생과 사의 갈림길에서 본 저승과 이승의 그림자가 각인된 그림이기도 했다. 그림을 본 미군 병사들이 미스터 조를 통해 그림을 부탁해

왔다. 그들은 그가 그려 준 그림을 가슴에 안고, 더블백에 담아 고국으로 돌아갔다.

세월이 흐르자 참전한 젊은이들 중에 전후 미국 사회에서 경제적으로 상당히 성공을 거둔 이들이 나왔다. 전후의 주역은 참전 세대들이었다. 세계의 부가 미국으로 몰리고, 부가 쌓이자 그 구성원들 또한 여유를 찾기 시작했다. 성공한 참전 용사들은 잃어버린 기억을 담고 있는 그림이 매물로 나온 것을 보고 놀랐다.

부를 따라 유럽의 화상들이 미국으로 몰려오고 있을 때였다. 돈이 문제가 아니었다. 신문사로 문의 전화가 빗발쳤다. 그림이 비싼 가격에 팔려 나가자 화제가 되기 시작했다. 다른 이들은 작고 어두운 그림이 누군가에게 높은 금액으로 팔리는 이유를 알 수 없었다. 미국 신문에 그림 사진과 함께 칼럼이 실리자 세계의 수집가들이 P화백의 그림에 관심을 갖기 시작했다.

한국에 있는 전직 군무원이었던 조사장에게 미국의 유명 컬렉션으로부터 P화백의 그림을 구해달라는 주문이 왔다. 조사장도 P화백의 그림을 미국에서 주문하는 이유를 알 수 없었지만 돈벌이만 되면 되었다.

P화백이 아직은 살아 있으니 그에게 가면 그림이 있거나 그

림을 그려달라고 주문하면 될 것이라고 여겼다. 그를 본 지 10년 가까이 되었다. 조사장이 그를 찾아보니 옛집에서 이사 가고 없었다.

산꼭대기에 있는 그의 집을 찾았을 때, 그의 집에서 그림의 흔적은 찾아볼 수도 없었다. 그는 그림을 잊고 있었다. 건강이 좋아 보이지 않았다. 손을 심하게 떨며, 눈도 어두워져 처음엔 자신도 알아보지 못했다.

조사장은 화구며 물감이며 그림을 그리는 데 필요한 도구들을 구입해 날랐다. 그는 그림을 그리려고 했으나 마음대로 되지 않았다. 깡통에 든 흰색 물감이 아니라 여러 색이 배열된 물감은 그에게 생소한 것이었다.

조사장은 그가 그림을 그리지 못하자 난감했다. 미국에서 전화와 텔렉스가 빗발쳤다. 그림을 가지러 갔으나 헛걸음으로 돌아오곤 했다.

그러던 어느 날, 그날도 그가 실망한 채 돌아오려고 했는데 P화백의 아들이 학교에서 돌아왔다. 스케치북을 끼고 있는 아들을 본 조사장은 본능적으로 아들의 스케치북을 낚아챘다. 아들의 스케치북을 펼쳐 본 조사장은 깜짝 놀랐다. 아비의 그림이 그려져 있었다. 조사장은 화가의 아들을 안았다.

화가의 아들은 아버지가 그리다가 만 그림을 훌륭히 그릴 줄 알았다. 하드보드에 철물점에서 파는 고래풀을 녹여 바를 줄도 알았다. 팔레트에 물감을 짜고 아버지가 그리다 만 그림을 나무젓가락으로 그려나갔다. 아들은 색 물감을 사용하지 않고 흰 물감에 안료를 섞어 색을 내어 그릴 줄도 알았다.

조사장은 미국으로 이 그림들을 보내 많은 이익을 챙길 수 있었고, P화백도 조사장이 챙겨주는 돈으로 생계를 이을 수 있었다. 그림값의 안정을 위해 조사장은 수급을 적절히 조절했다. 초상화를 그리던 미군부대 시절 이후로 P화백은 최고의 전성기를 맞았다.

조사장은 자신에게 온 기회를 절대 놓치지 않는 사람이었다. 그는 P화백의 개인전을 준비했다. 그런데 P화백이 갑자기 죽었다. 죽음은 갑자기 오는 손님과 같아서 아무도 예견할 수 없었다. 그의 개인전은 유작전이 되고 말았다.

미국에서 그림을 구해달라는 주문은 계속 늘어만 갔다. 그러나 아들은 아버지가 세상을 떠나자 그림 그리기를 거부했다.

미국에서 그의 그림을 구한다는 소문이 나자 P화백의 그림 소장자들은 그림을 팔려고 하지 않았다. 그림값은 천정부지로 솟았다. 그러자 통제의 끈은 조사장에게서 풀려 나가고 말았다.

증거의 능력

증거의
능력

1

진실을 밝힌다는 것은 생각보다 어렵다. 엄청난 분량의 스토리에서도 결국은 진실을 밝히지 못한 대미가 많다. 한대희 검사는 일상적으로 진실을 찾아 헤매는 검사다. 그는 많은 사건을 처리했지만, 항상 진실을 밝히지는 못했다. 그러나 패배주의자도 아니다.

김복남 감정위원은 압수된 그림의 양을 보고 '많은 위작들'이라 했는데, 돌이켜 보니 예전에 중학생 김중휘는 하루에도 수십 장의 그림을 아이들 숙제 그림 뒷면에 그리곤 했었다. 그 그림들에는 김중휘의 사인은 없었고, 여러 아이들의 이름이 적혀 있었다. 만약 김중휘가 눈을 다치지 않고 지금쯤 거장의 화

224   동학사 가는 길

가가 되었다고 가정한다면, 엄청난 수의 그림이 남아 있었으리라. 그렇다면 그림을 그리지 않으면 숨조차 쉬지 못하던 두 화백의 그림들도 엄청난 수량이 남아 있어야 하지 않는가? 가난해서, 화가가 가난해서 몇 장의 그림 밖에 남아 있지 않을 것이라고 가정하는 것은 언어도단이다.

그림은 캔버스에만 그리는 것이 아니다. 화가는 어디에든 자신이 좋아하는 바탕에 그림을 그린다. 모든 사고와 행동과 표현을 그림으로 나타내고자 한다. 그렇다면 여러 장르의 그림들이 존재할 수 있다. 아니 많은 습작들과 크로키들이 존재해야만 한다. 적어도 화가이기 때문이다. 그런 것이 모두 존재할 수 있느냐고 묻겠지만 우리가 생각하는 것보다는 많은 그림이 그려졌고 그림의 운명에 따라 많이 없어졌을 수도 있다는 것이지, 반드시 없어졌을 것이라는 짐작은 온당치 못하다. 더구나 유명 화가이기 때문에 겨우 몇 점의 그림이 있어야 한다는 것은 더욱 가당치 않은 논리다.

상업적 목적으로 형성된 감정 시스템에 문화적 보물에 해당하는 그림 감정을 의뢰한다는 것은 처음부터 잘못 끼워진 단추였는지도 모른다. 여전히 많은 감정인들이 인터뷰에서 '감으로 감정을 한다'고 하는데, 이상한 일이다. 과거에는 대단한 과학적 감정법이라고 여겼던, 컴퓨터 프로그램을 이용한 확대나

음영법으로 지금은 누구나 화질이나 섬세한 붓질을 쉽게 확인할 수 있는 시대를 맞이했다. 그럼에도 자기만이 가지고 있는 '감' 운운하는 것은 정말 어불성설이다.

그러나 상업적 시스템이 없었으면 문화적 발달도 가져오지 않았을 것이다. 그렇기 때문에 진정한 감정이라는 것은 상당히 중요하다. 그래서 전문가 그룹을 인정하고 존중해야 한다. 전문가 그룹 역시 스스로가 인정받기를, 존중받기를 게을리해서는 안 될 것이다. 그러한 신뢰를 받기 위해서는 과거의 오류가 있었다면 스스로 인정해야 한다. 왜냐하면 그렇게 함으로써 대중의 신뢰를 받을 수 있기 때문이다. 과거의 잘못을 시인하지 않으면 더 이상의 신뢰가 없을 것이고 발전 또한 없을 것이다. 꼭 그림을 감정하는 자들에게만 적용되는 것이 아니리라.

2

잘못된 시스템에 동조하면서 솔직히 자신도 모르는 것을 단죄했다. 그건 용감한 일이 아니었다. 당사자의 동의를 받고 증거능력을 부여받은 증거물의 노예가 된 꼴이다. 그것을 내밀며 검사로서의 직분을 다했다고 박삼수를 기소했을 뿐 아니라 그가 소유하고 있던 그림까지 능욕했다. 모르는 사안이고, 형법을 적용할 기본적 조건이 형성되어 있지 않다고 했어야 했다. 언제 그려진 것인지도 모르는 그림을, 팔려고 내놓은 시점을 기준으로 삼아 그 행위를 처벌한 것은 당연한 것이 아니었다.

그리고 박삼수의 창고에 그림이 있을 거라는 투서를 바탕으로 발견된 그림들을 모두 위작이라 예단하고 몰아세운 것도 잘한 일이 아니었다. 지금 생각해보면 화상의 창고에 그림이 있다는 것은 당연한 얘기다. 화상의 창고에 그림이 없으면 어디에 그림이 있겠는가? 화상의 창고에 그림이 있다는 것으로 화상을 단죄했다. 참으로 어처구니없는 일이었다.

위작의 그림 아니었느냐고 자위할 수도 있겠지만, 위로받을 수 있는 사안이 아니다. 설령 그 그림이 위작이라고 하더라도 무슨 죄목으로 단죄할 것인가? 그는 오직 보관하고 있었을 뿐이며 실로 자신이 위작이라고 인정하지 않았다면 어찌 했겠는가?

3

한대희 검사도 쓰라린 경험이 있었다. 신분을 감추고 황학시장 김박 노인에게서 구입한 C화백의 그림을 감정협회에 의뢰하여 감정해보았다. 결과는 위작이었다. 아무런 이유도 없이 위작이라 했다. 그런데 3개월 정도 지나서 감정협회에서 다시 연락이 왔다. 감정위원 중에 누군가가 그 그림을 다시 한번 보았으면 한다는 것이었다. 그림을 보여주고 싶은 마음이 생기지 않았다. 그보다 이젠 그림을 감정받을 필요성을 느끼지 않았다. 함께 바보가 되기 싫었다.

그림이 투기와 투자의 대상이 되면서 그림은 그림으로서의 역할보다 화폐로서의 역할을 떠맡게 되었고, 그림의 기능을 상실하는 슬픔을 안게 되었다. 그러나 그러한 과정마저 필요한 징검다리가 될 수 있다고 여겨졌다. 잘못된 사랑도 사랑일 수밖에 없지 않은가! 어찌됐든 그림은 그림이다. 누가 그린 그림이든 누구의 그림을 복사하거나 흉내를 낸 것이라 할지라도 그림은 그림으로서 독립성과 자존을 형성하고 있다. 화단에도 그레셤의 법칙이 적용되는 것인가? 진짜 처벌받아야 할 자는 누구인가? 국가가 어디까지 개입해야 하는가?

한대희 검사의 뇌리에서 죄책감이 지워지지 않는다. 누가 괴롭혀서가 아니라 자신이 자신을 괴롭힌다. 따지고 보면 자신이 가지고 있는 그림을 감정해본다는 것도 참으로 어리석은 일이 아닐 수 없다. 선택의 순간부터 자신의 책임하에 이루어져야 할 사안이었다. 김박 노인이 해준 얘기가 그런 것이었고, 박삼수와 김복만이 한 얘기도 그런 것이었다. 그것을 모른다면 그림을 가질 자격이 없다. 그렇다고 처음부터 포기하라는 말은 아니다. 아픈 과정이 어느 경우이건 필요하겠지만 그것을 타인의 탓으로 돌려 타인에게 죄값을 물을 일은 아니라는 것이다.

어떤 의미에서 검사는 곧 국가다. 그래서 한대희도 상당한 자긍심을 가지고 있었다. 아무리 누가 뭐라고 해도 동료와 국가가 지켜주고 있기에 정의의 용사가 되어 매일 국가를 위해 출근을 해왔었다. 그러다 자신도 모르게 광대놀음을 한 꼴이 되었다. 김복남도 박삼수도 탓할 사안이 아니고, 자신이 명확하게 검사의 직분을 수행했어야 하는 일이었다.

L화백과 P화백은 절망의 시간을 이기고 숱한 희망을 그려낸 위대한 화가들이다. 우리가 절망에 빠져 있을 때 미래의 희망을 그린 그들이 아닌가! 그런데 그림을 이해하기에 앞서 그림 값이 얼마나 되는가를 먼저 생각했었다. 결국 그림의 진위를

따진다는 것은 그림이 지니고 있는 가치를 알고자 하는 데서 비롯된 것이다.

C화백의 그림만 하더라도 그랬다. 자신이 그림의 진위에 대해서 알고자 했던 것은 그림에 대한 이해를 위해서가 아니라, 이 그림이 C화백의 그림이 분명할 때 가지는 가치의 확보를 위한 것이었다. 화가의 뇌리 속에 남은 기억의 잔재로 인한 상처와 아들에 대한 깊은 애정과 염원이 숨어 있는 그림인 줄 몰랐었다.

화가는 원자폭탄이 무엇인지도 모르던 시절에 고국으로 돌아가는 연락선을 타기 위해 기차를 탔는데, 머리가 벗겨진 아낙에게 아이를 안고 원폭의 바람 속에서 살아남은 이야기를 전해 들었다. 생각하면 참으로 끔찍한 일이었다. 방사능 오염에 대해서 알고 있는 자가 없었다. 자신의 아이에게 고칠 수 없는 증상이 나타난 것은 본인이 그곳을 지나온 탓이라는 것임은 분명했다. 아내가 너무 고생했다. 그래서 캔버스를 마주하면 아이 생각이 났고 아이만 그려졌다.

그것이 그림이 되어 남았다. 몇 장의 그림을 그려보다 더 이상 그림을 그릴 수 없었다. 그래서 몇 장의 그림일기를 노트에 숨겼다. 그림 그리기를 멈춘 후 이 그림일기면 이제 모든 것을 마무리할 수 있을 것 같았다. 이젠 더 자유롭게 먹으로 그리는 그림만 남길 것이다. 가족의 아픔을 극복하고 평화를 지켜주는 아내가 고마웠다. 고마운 정도가 아니라 성녀였다. 정말, 정말 참다운 보살님, 평화를 지켜주는 보살님이었다. 자신이 가지고 있는 그림에서 그러한 것을 읽을 수 있었다. 그림을 보는 마음이 자유로워야 한다는 것을 늦게 알았다. 그러나 아직은 완전한 자유를 가지지는 못하고 있었다.

4

 박삼수를 기소하기 위해 형사소송법 제318조인 '당사자의 동의와 증거능력'에 대한 조항을 고의적으로 악용한 잘못이 자신에게 있다고 한대희는 생각했다. 어떠한 대가를 치르더라도 그림을 희생시키지 않으려는 박삼수의 의도를 살펴 솔로몬 같은 지혜를 발했어야 했다. 그림을 지키려고 그림이 위작이라는 데 동의한 박삼수의 깊은 뜻을 당시에는 헤아리지 못했다. 검사보다 화상인 박삼수가 더 지혜롭고 용감했다.
 그림이 위작이라는 것이 전제되었기 때문에 박삼수에 대한 징벌이 가능했었다. 그런데 지금 보니 그림에는 가짜와 진짜의 경계가 없었다. 그림은 그 자체로 숭고하다. 유명 화가의 그림을 후대에 모사할 수도 있고 널리 보이기 위해 그럴 수도 있다. 더구나 사진기술이나 인쇄기술이 발달하지 않았던 시절이나 지역에서 있을 수 있는 일이다. 어느 유명 서양의 화가는 스승이 그려준 그림을 칠하라고 했는데 스승보다 더 칠을 잘해 스승에게 쫓겨난 일도 있었다고 한다. 이런 얘기들은 사족이 될 수 있다. 그림은 그림이지 진짜고 가짜고 판정받아야 할 대상이 아니다. 그림을 보는 당사자 자신이 책임질 일이다.

그림은 우리의 영혼을 위로해주기도 하지만 잠자고 있는 양심을 일깨워주기도 한다. 그리고 먼 미래를 향한 꿈을 보여주기도 한다. 그러한 그림은 위대하다. 그러한 그림이 위대한 것은 그린 화가가 위대하기 때문이다.

5

그림에는 영혼도 담을 수 있다. 그런 그림은 귀한 것이다. 그래서 모두가 소중히 여기고 나라에서 큰 집을 지어 대대손손 물려주려 보관하고 있다. 얼마나 갈까? 하여간 예술은 길다고 했다. 대부분의 화가들은 처음에 사실화를 그리기 시작하는데 각자가 다가가는 종착역은 모두 다르다. 새만 그리는 화가도 있고 소만 그리는 화가도 있다. 화가마다 자신이 그리고자 하는 대상이 다르다. 세월이 흐르면서 대상이 변한다. 그러면서 그도 늙고 병든다. 누구나 그러하듯이. 그러나 그가 그린 그림은 늙지 않고 그대로 존재한다. 그림은 그래서 매력적인가?

파도가 일고 바람이 불면 진실함이 나타나리라. 직업은 역할이다. 주어진 잠깐의 역할이다. 불이 꺼지고 막이 내리면 역할도 끝난다. 후회는 인간의 그림자고, 고독은 그다음의 문제다. 역할이 주어졌을 때에만 고독하지 않을 뿐이다. 이 세상이 끝난다고 가정하는 것은 위험하다. 세상은 끝나지 않으므로 다가오는 절망이 희망으로 변할 수 있다. 이 세상은 절대 끝나지 않는다고 다짐하자. 절망에서 벗어나 내일을 맞이하자.

사람의 정이란 묘한 것이어서 보았던 사람들이 보고 싶다. 그리움이란 지난 형상을 그려보는 것이리라. 미래는 불안한 것이지만 과거는 변하지 않는다. 그래서 추억은 아름답다고 했던가? 그 아름다움을 정지시킬 수 있는 마술이 그림인가?

6

사표를 낸 길로 황학시장에 나갔다. 그 사이에 청계천 황학시장에도 많은 변화가 있었다. 한 검사가 초임 시절 무료를 달래려 찾았던 거리의 모습과는 달라져 있었다. 이곳에서 우연히 그림을 만났고 사람들도, 지금껏 말은 안했지만 선생님을 닮은 여인도 만났었다. 그리고 아직도 앙금이 씻기지 않은 그림의 상처 자국이 남아 있다. 그림과의 인연은 검찰 업무에도 이어져 '그림 사건'을 맡았었다. 직무란 일정한 틀이 있어 그대로 수행하면 되었지만 유독 이 사건은 그러한 성격의 사건이 아니었다. 그러나 사건의 결말이 그를 슬프게 했다.

끝.

동학사 가는 길

초판 1쇄 인쇄 2020년 7월 31일
초판 1쇄 발행 2020년 8월 7일

지 은 이   안병호

펴 낸 이   김환기
펴 낸 곳   도서출판 이른아침
주   소   경기 고양시 일산동구 정발산로 24 웨스턴타워 업무4동 718호
전   화   031-908-7995
팩   스   070-4758-0887
등   록   2003년 9월 30일 제 313-2003-00324호
이 메 일   booksorie@naver.com

ISBN 978-89-6745-104-2 (03810)